說謊的男孩與壞掉的女孩 11

××的彼方是愛情

入間人間

插畫†左

有些人很可怕，

有些人很不溫和，

有些人會傷人，

有些人會受傷，

有些人老是說謊。

即使在這樣的世界裡，只要期盼的事物陪伴身旁，她就能歡笑。

不知朝向何方地天真歡笑。

所以，我認為我們是最幸福的人。

希望這句謊言能永遠保有它的價值。

」女
「我在找妹妹。」
枝瀨亞由

「『那個』意外地
也是個辛苦的父親呢。
大江湯
筋了，
聽說的更嚴重啊。」
偵探

「啊～好想快點
痛揍壞蛋喔～！」
枝瀨麻衣
「這下真傷腦
狀況比我
偵

曾經毀壞的東西無論怎麼做都無法修復。
要勉強堆起殘骸活下去。
我與她，以及許多人都是如此。

說謊的男孩與壞掉的女孩 11

××的彼方是愛情

第一章「Never」

好像總是覺得……從那之後度過了一段漫長的時光。
經歷過許多事件，每一樁都在心中遺留下痕跡。
不管是怎樣的「痕跡」，有時也會成為自己人生的判斷依據，
因此我難以評斷優劣。
人生是由大量數也數不清的「痕跡」積累而成。
我活到現在，時時刻刻都想做出最佳選擇。
最後，後悔堆積如山。
沒有一件能忘記。
正是因為如此，我無法忘記。

……只不過，唉。

既然現在還活著，結果或許是某種必然吧。

彷彿在和煦陽光中微瞇起眼般，我感覺到了什麼？

隨著大口吸進的空氣送往全身每一處的舒暢感，我思考這個問題。

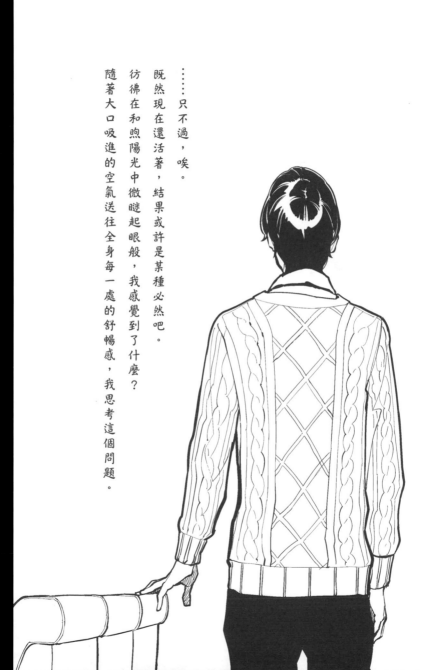

「有一對不甚相似的姊妹」

某時某地，有一對雙胞胎姊妹。

姊姊對妹妹的評價如下：

「她比我笨。」

妹妹對姊姊的評價則是：

「很能幹的姊姊。」

姊姊很像父親。

「饒了我吧。」

妹妹笑起來則與母親神似。

「啊哈哈！」

兩人非常珍重彼此。

「啥？」

「是是是。」

喜歡狗狗。

「還好。」

「狗狗不黏人，很喜歡。」

也喜歡貓咪。

「……還好。」

「口吐泡沫。」

討厭父母。

「當然。」

「畢竟是青春期嘛。」

但其實最喜歡父母了。

「沒這回事。」

「沒這回事。」

然後，妹妹問道：

「姊姊大人，妳認為我是犯人嗎？」

姊姊回答：

「犯人是我妹。」

回家前從班上同學面前經過時聽到聊天內容，就親切地為他們解答了。男生們一語不發地一齊看向我這邊，但我不想和他們你問我答，快步離開教室。

既已得出答案，多說也無益。

我離開二年級教室，來到走廊，稍稍紓解人潮熱氣的餘波。在取代而之的少許疏離感中深呼吸，涼爽的感覺滋潤鼓起的肺部。快步前往社團的急促腳步聲，與朋友相談甚歡的緩慢腳步聲。

我在形形色色的腳步聲中走下樓梯時，回想起自己剛才的發言。

我想，犯人應該是我妹。

但是，倘若這是事實，果然只能由我展開行動了。畢竟她是個傻瓜，而我絕頂聰明。這樣看來，絕不能放任那個笨蛋妹妹。

這是身為姊姊的義務。

現代國語教科書也這麼寫著。

騙你的。

在紛紜雜沓的腳步聲中，我無法判斷自己的腳步聲是靈巧還是鈍重。

我決定今天放學後要來玩偵探遊戲。

在鞋櫃換鞋子時，有東西從側腹輕撞到背部。我抬起頭來，趕忙離開的男同學側背書包搖晃著。看來是在從我身旁走過時撞到我了。

男生不好意思地看著我，搔搔脖子。

「抱歉。」

「沒關係。呃……金田。」

「那妳是鐵雄嗎？我叫金子啦。」（註：指大友克洋著的漫畫《阿基拉》主角金田正太郎，他的好友為島鐵雄）

被記錯名字的同學露出苦笑。

「對不起，我不擅長記別人的名字和長相。」

「嗯，妳的確給人這種感覺。」

「不過剛才我是故意的。」

其實我的記憶力很好。我只是想表現出破綻。

沒有破綻的生物會受到警戒。裝得笨一點比較好。

不過我沒辦法一直裝笨蛋，這是我的個性，也是我的壞毛病。

「我說妳啊～」金子傻眼地說，而我不當一回事地走出校舍。畢竟我們的交情沒有好到能聊很久。然而，走到一半後不經意回頭一看，見到金子朝著劍道場走去。

原來他有學劍道。持續練習的話能變強嗎？

在和他對上眼前，我轉回正面。一陣強風配合著動作般吹來，推了我肩膀一把。

風從上午被雨淋濕的地面捲起寒意，奪走肌膚的溫度。我喜歡冬季空氣毫不停滯，使勁吹來的時候。感覺伴隨著寒冷，世界變得昏暗而蒼藍。

「……呼嗯。」

我撫摸臉頰。寒風會讓肌膚乾燥，很令人傷腦筋。

這麼冷的天氣會讓人想立刻回家，但是不行。同住在一間房子裡，所以妹妹應該也在，但我知道自己找不到她。

離開學校，朝右邊的醫院方向前進。這棟比學校更氣派的建築與學校隔了一條狹小道路。建築物的長影由此延伸，染黑操場邊緣。

院旁小路的空氣在陰影籠罩下也變得更為冷冽。走過這裡，進入住宅區，來到廢棄鐵路的平交道口時，我停下腳步。

我一個人走著，附近停車場或灌溉渠道旁也不見其他人影，卻能感覺到另一股氣息。

感覺有人不斷跟蹤我。從離開學校以後一直持續著。

回頭一看，當然沒有人在。

明明沒有人卻感覺得到存在，我想那應該是妹妹吧。常有的事。

跨越平交道。在我出生的很久以前，電車早已不再經過這條路線。世界在自己出生前早已存在的事實，總讓人感到難以想像。

我繼續走著。遠離歸途地走著。我不與其他人交集的腳步聲聽來響亮且有些急躁。也許是因為無法擺脫被跟蹤的感覺所導致，還是只是單純感到寒冷而著急呢？

我在心中抱怨，妹妹幹嘛在這個冷死人的季節裡搞出這些名堂嘛。

雖有許多不滿，我還是得盡身為姊姊的義務，尋找妹妹才行。沒有頭緒，只能去現場逛逛。但是，只要我持續到處打探，妹妹應該也會開始行動。一旦她展開行動，或許就會被發現。就像貓的眼睛不擅長捕捉靜態事物，妹妹若不行動，我就找不到——或許吧。光是思考，凍僵的鼻頭似乎愈來愈乾。

碰上紅燈，停下腳步，同時背後的頭髮順勢飄向前，我用手掬起，心想：變長了呢。有人說我留起長髮很像某人。我見過對方，的確是有相似之處。

若有人告訴我她就是我的母親，我說不定會相信。

但雙胞胎妹妹的存在否定了這個可能性。

我稍稍想著現在多半在午睡的母親，等待燈誌變綠。

不久後，綠燈亮起，我再次邁出步伐。

並非在追蹤某人，漫無目標地筆直向前。

「…………………………」

我住的這個小鎮很和平。人或物都不多，什麼事件也不會發生，彷彿會枯萎。

然而，現在卻發生了事件。

連續殺人案。不，正確來說是失蹤案，還沒找到屍體，但我認為那些人多半已經死了，我猜其他人也是這麼想。雖然可怕，卻不稀奇。這個世界上，在我們眨眼的瞬間，就有某人在某處死亡。人的死亡也許尊貴，卻很普遍。

扯遠了。

這起殺人案（暫定）與我並非完全無關，但我不知道自己能否解決。畢竟我沒有力量干涉人的生死。真希望妹妹別犯下血腥案件，把力氣浪費在雞毛蒜皮的小事就好。

妹妹竟然是殺人犯，真令人不悅。

明明光是那對父母就應付不來了。

我並不討厭父母，也不恨他們，只是我也沒什麼理由一直喜歡他們。

因此我離開父母身邊，寄宿在親戚家裡。和妹妹一起。應該是在一起的才對。

我捏著下唇，朝左右張望，也只見到汽車及幼稚園。

抬起頭來，感覺也聽到另一道細微的腳步聲。

妹妹恐怕的確就在我身邊。只是我無法看見她。

自某一天起，我再也看不見妹妹了。

那是在幾年前，又是個怎樣的日子，我都不太記得了。只覺得是六七年前。明明我的記憶沒有缺失，卻怎樣也想不起來當時的狀況。但即使不在，不代表她死了。就算我若無其事地問其他人關於妹妹的事，也沒有人這麼說。他們異口同聲地說：

「令妹不就在妳身邊嗎？」

比起證明全世界都瘋了，證明我瘋了還比較容易。如同老房子的拉門會脫落，螺絲會鬆掉一樣，恐怕我的認知能力也產生異常了吧。

所以，我現在才這樣繞遠路。

我的名字是枝瀨亞由。

和普天下的姊姊一樣，被沒用的妹妹耍得團團轉。

「……只不過，唉……」

摩擦雙手取暖的同時，我再次觀察四周。

因為沒帶來什麼不便，我很少思考這個問題，但偶爾還是會感到不可思議。

為何我再也看不見妹妹了？

穿著室內拖鞋啾啾作響地跑往鞋櫃的路上，在走廊上發現了姊姊大人的身影。

「姊姊大人！」

我邊喊邊推了她的後背書包一把，姊姊大人一臉困擾地回頭。眉毛直直豎起，和雙眼描繪出十字路口般，如實顯示出她嚴謹的個性。

「太大聲了。」

「對不起！」

誠心誠意地道歉，但姊姊大人臉上的十字路口開始往斜上扭曲。

「……啦。」

「唉，夠了，真是的。」

姊姊大人嘆氣後，抓住我的手腕拉向她。

「到外頭前禁止說話。」

被姊姊大人命令，我一語不發地點點頭。妹妹就該聽姊姊的話。但說是外頭，要到哪裡才算外頭？感到疑惑的同時，我被姊姊大人拉著手走出校舍。太陽公公的照耀令我的眉梢濕濡，我左顧右盼，想確認這裡算不算外頭。

「再一會兒。」

姊姊大人說。好像還沒到。我揣測著姊姊大人的外頭是哪裡，默默跟在後頭。不過是閉著嘴而已，我卻逐漸感到喘不過氣來。彷彿連怎麼呼吸都忘了。覺得自己成了水槽裡的魚兒，但我在途中想起魚兒能在水中呼吸。

走出校門口後，姊姊大人轉過頭來嚇了一跳。

「妳的臉怎麼那麼紅？」

想回答我在憋氣，但因為被禁止說話，我不知道要怎麼表達。我指著嘴巴，姊姊大人瞪大了眼後伸手扶額，誇張地搖頭。

「可以說話了啦。」

「喔～這裡就是外頭啊。」

確認四周，順便深呼吸。的確是外頭呢……但什麼是外頭？

這裡的確是學校的外頭，但這裡之外還有許多景色存在。例如將天空一分為二的電線、宛如斜塔延伸的大樓影子，染上火燒般晚霞色彩的水田。更遠處有黑幢幢的山嶺，沉穩地圍繞著小鎮。

這裡看起來是在山嶺的內側，也可稱作外頭嗎？

山的外側也有其他景色，不斷不斷向外延伸的話，還能抵達在圖鑑上看過的外太空。

我的意識一路毫無止盡地衝向前。

「哇……」

「妳在發什麼呆。」

姊姊大人抓住我的頭和下顎猛搖，眼珠子咕嚕嚕地旋轉，思考中斷。

沒有留下任何答案。

所謂的到外頭去，究竟是什麼意思？我不斷呼吸。不久，因方才中斷呼吸循環而累積的熱氣經過喉嚨離開體內。取而代之地，吸入的空氣有著讓喉嚨繃緊的冷冽氣息。

吸～吐～吸～吐～

「外頭的空氣好鮮美啊～」

「……妳啊，講話多經過一點大腦。」

可是我思考了很多事耶。算了。

「我們～回家吧～」

「真有精神……」

我打直膝蓋，又蹦又跳地向前走，姊姊大人心不在焉地表示感想。

我們大致上會一起上學，但放學一起回家的機會不多。我放學後會到處亂逛，姊姊大人則直接回家。就是直歸（註：指出外洽公後不回公司，直接回家的行為）。好像不是這麼用的。

「姊姊大人也玩過躲避球嗎？」

「我怎麼可能去玩那個。」

「說得也是～」

姊姊大人沒有朋友。多半是去圖書館了。

「用球砸人有什麼有趣的？」

「很有快感喔～」

我擺出丟球動作說明，姊姊大人就眯起眼蔑視著我。嗯？是俯視我嗎？

「完全不懂。」

她在頭旁比出轉圈圈的手勢，表示完全不明白。

姊姊大人是愛好和平的人。

走著走著，望向逐漸沒入遠方的夕陽時，覺得肚子餓了。也許是因為夕陽的顏色頗能挑動食慾。

「好想快點回家喔～」

「為什麼？」

「想吃點心。」

偷吃會被罵，所以需要攤開來講明白。

姊姊大人的臉上籠罩陰影。從眼睛與鼻子蔓延的淡然暗影，為她的木然神情增添色彩。

「真的好嗎？妳最近吃太多了。」

「說得也是～」

之後我抬頭望向默默前進的姊姊大人側臉。拉成直線的眼睛和嘴唇顯得很嚴肅。姊姊大人很少笑。和父親一樣。也許不擅長歡笑吧，但我很拿手。

「哎嘿哎嘿。」

「幹嘛露出噁心的表情？」

這麼簡單的事都辦不到，姊姊大人真的很聰明嗎？

「……真是個樂天的傢伙。」

姊姊大人緊鎖著的眉頭解開了結，稍稍放鬆。

樂天嗎？雖然很少人這麼說我，我想一定是讚美。

經常發呆，不曾動腦思考的樂天派。真不賴。

因為我很聰明，所以不需要經常思考吧。

縱使手上只有這種開玩笑般的武器，但我無法坐視不管，挺身而出了。

成功擊中對方一次，但轉眼間就遭到反擊。

第一次明白何謂屈辱。

至今仍忘懷不了。

感覺很久沒和姊姊大人碰面了。

這恐怕不是我的錯覺。明明住在同一個小鎮上，簡直不可思議。彷彿生活在不同世界裡。如此一想，回頭看這片平凡的街景也多了幾分滋味。雖然是一想咀嚼就會立刻從齒間消逝，毫無嚼勁的滋味。

微抬起臉走著，冬日的空氣掠過鼻頭。一開始冰涼舒爽的呼吸在重複幾次之後，也讓肺部生疼。一大早就這麼冷。不對，正因為是早晨才如此吧。

現在是朝霞仍喘不過氣的靜謐時刻。幽暗之中，天色也逐漸亮起。看著旭日升起能帶來舒暢的心情，因此我引頸期盼著，卻遲遲未升起。看樣子，恐怕會先抵達目的地吧。

以前學過，光線會因折射而產生顏色變化。正確來說，應該是感覺看似產生了變化。聽說光線原本都是白色的。說不定人的本性也一樣，只是經過折射才看似其他顏色。

問題是折射後的色調往往不堪入目。

經過知名拉麵店前，細長型停車場裡只停著輕型汽車。現在好想吃一碗味噌越共拉麵（註：岐阜縣等地流行的拉麵種類），讓身體暖和起來。

但是當然，早上不可能營業。

「好冷……」

擤著沒有流出鼻水的鼻子，走過店家門口。每次經過這裡就會想不久後來吃，離開後卻又會忘記。就像通往離島的道路會隨著潮汐消失一般。

可是好冷。特別是右手更冷。

以前我會找個理由攜帶，但我發現不管怎麼樣都會被懷疑，所以現在光明正大地扛著。我是指金屬球棒。帶著出門會讓人放心。不帶著的話，手有時會顫抖。

攜帶球棒成癮。我用力握緊，手指吱嘎作響。

來到學校旁的小十字路口，一旁有倒閉的加油站。在我國中時倒閉的這間加油站，牆壁與柱子布滿灰塵與髒汙，顯示出歷史。踩在骯髒的地板上回頭看，明明沒下雨或下雪，卻隱約看得到腳印。

斜向穿過加油站抄捷徑時，在牆上發現小小塗鴉。有點在意而走近。我刻意將球棒前端拖在地上，發出聲音並縮減距離，和作者不明的插圖面對面。

「這什麼塗鴉。」把臉湊近後笑出聲來。勉強看得出來是在畫一條魚。

「好沒品味的線條。」

將感想直率地說出口。怎麼說呢，畫這幅塗鴉的人恐怕不懂何謂畫圖，只是畫出線條來，看起來十分草率。讓小孩子來畫也比較有想像力。

「缺乏品味的話根本稱不上是圖畫，這是什麼啊。」

啊哈哈哈。雖然不好笑但我笑了。我最擅長笑了嘛。

太過輕而易舉，甚至忘了深入思考自己為何而笑。

「……嘿嘿嘿。」

「妳似乎心情很好呢。」

「對啊，超好的。好到全身發抖呢。」

突然有人對我說話。

我調整腳步位置，緩緩踏穩腳步，盡可能保持平靜。

在我猶豫是否該趁轉頭的瞬間揮出球棒時，來到我的身邊，與我並肩而立的是個戴綠色帽子的男子。臉頰上的雀斑醞釀出些微稚嫩感，和我以相同的姿勢望著牆上的塗鴉。

「是魚嗎？」

「是魚啊。說起本地特產魚類，就想到香魚（註：與「亞由」同音）。」

香魚。香～魚。我不出聲地大大開合嘴巴。

「離開水邊的魚兒有種獨特的窒息感呢。」

是嗎？我歪著頭，對牆上那團單純的雜亂線條毫無所感。

這名男子是個詩人嗎？

「聽說這附近的民眾每天都會吃香魚。」

「嗯，差不多，因為就像一種儀式。」

「喔～」

「呀哈哈。」

「原來如此。妳是個大騙子嗎？」

「不是啊。」

好了。

既然有過交流，我試著問個問題。

「請問你是誰？」

完全不認識這個人。不曾在這一帶見過，他身上也帶有不同的氣息。不是鄉下的泥土氣息，而是都會的灰色氣味。

說到底，他剛才也說了「這附近的民眾」。

「我在妳的眼裡看起來如何？」

男人試著反問，因此我坦率說出感想。

「像個怪叔叔。」

「叔叔啊……算了，說得也是。」

男人用手壓著頭上的帽子轉了轉，變成真正的怪叔叔了。

一般來說是不能接近，但我最喜歡怪胎了。

「那在你眼中，我看起來如何？」

怪叔叔調整帽子的位置後，抬起頭來，低吟一聲並只瞥了一眼就失去興趣，眼中光輝也隨之黯淡。

「危險的……小妹。」

「為什麼有微妙的停頓？」

「沒事，嗯。」

他輕咳一聲，把臉側向一邊。

「或者棒球社員。」

「討厭啦～我看起來像那樣嗎～？」

我以手遮臉忸忸怩怩，對方就低聲嘟囔：「不像。」。那是你說的吧。

「不過，你只會看到什麼就說什麼耶。」

「無法回應妳的期待，真抱歉。」

「憑你這種只能看到表象的觀察能力，是沒辦法當偵探的喔。」

「哈哈哈……」

笑聲由左至右滑過，聽起來很空虛。

「妳在這種地方做什麼？」

「你才是。」

難以判斷是誰先發言的，應該是對方先開口的。

「算是……一點好奇心，單純基於興趣。」

男人撥弄下唇，看似在隱瞞什麼。只為了興趣來到這麼寂寥的地方嗎？哦？

「基於興趣來這種地方？」

「嗯。」

「還一大清早？」

「喔～嗯……」

「叔叔，你不用工作嗎？」

盡可能用純真的語氣問。怪叔叔面露微笑，輕鬆回擊。

「妳也是啊，平日這種時刻在這種地方很奇怪吧。」

「因為我本來就是個怪人。」

呵呵呵。我淡然地回答。

因為大家都說我像有點不正常的母親，當然不正常。

我不像姊姊大人一樣如此抬頭挺胸。

手扶著牆壁，靜靜凝視著魚。

心中產生一條河川，水位逐漸高漲。

這條魚是什麼？背脊自然弓了起來。

「這幅畫很有味道嗎？」

男人觀察我的反應後，提出這種問題。

味道啊。經他這麼一說，我試著咀嚼，臼齒彼此相磨，嚥下。

從喉嚨中滿溢而出的事物乾涸了。

「我只嚐到冬天的味道。」

我挺起身，準備到別的地方去，但男人也保持一定的距離跟著我。轉過頭，同時用小指鉤緊球棒握柄。爽朗的早晨。

不太適合毆打致死的氣氛。

「我說你啊～」

「什麼事？」

「父親大人、母親大人與姊姊大人叮嚀過我，別跟奇怪的人走。換句話說，你跟過來的話我也很困擾。」

把球棒對準帽子男的額頭，帽子男則像盪鞦韆似的揮動手上的鋁合金公事包牽制。

「這太過度保護了吧。」

「抱歉，母親大人可能沒說過。」

我沒什麼和母親大人說話的記憶。雖然日常生活會互動才對，卻從未有過印象深刻的對話。但光看行動，也能明白母親大人是個怎樣的人。

她是個自我世界很狹隘的人。比其他人的世界更淺薄，更冰冷，也更生硬。

並非想否定她。只不過我和姊姊大人並不包含在她的價值觀裡。

我和姊姊大人被那樣的人賦予生命，降生於世。

思考這些事時，會產生一種彷彿透明水滴湛滿手心般，不可思議的心情。

「雖然我還不懂現在的狀況，但你找我有事吧？」

「算是。」

「父親大人派你來的？」

「天曉得呢。畢竟我有保密義務。」

對方迴避我的問題。但除此之外，有誰會派人跟蹤我？小路坂？不可能吧。

為了不讓我犯下以世間基準而言很糟糕的事，所以派人監視我吧。父親大人得陪在母親大人身邊，無法單獨行動。既然父親大人跟母親大人結為夫妻，那他的世界也變得一樣狹隘。

縱使父親大人是自願投身於這種世界，但他也抵抗著，不希望和周圍的世界失去連繫。

簡單來說，這是他的任性。

算了，這不重要。

一個人在街上閒逛很無聊，我也沒有目標，有個人陪也好。

尤其是個怪胎，更好。

「既然如此，那剛好。」

「嗯？」

我把金屬球棒扛在肩上，彷彿接下來要去打棒球般邀請。

抬頭一看，在冬日的寒風裡閃耀的景色中，開始滲入一道旭日。

「我在尋找一個超特級危險人物，能跟我一起來嗎？」

我的名字是枝瀨麻衣。

和普天下的人類一樣，不傷害他人就無法活下去。

「真差勁的圖。」

我坦率地評論牆上的塗鴉。這幅無聊透頂的圖是什麼？

讓魚兒誕生在無水之處有何意義？

我來到一家咖啡廳。是「前」咖啡廳。幾年前倒閉後，只有屋子留了下來。綠色屋頂混合開始西斜的太陽，在牆上描繪出青藍色花紋。魚兒在那搖曳的花紋中漂浮。我將手放上髒兮兮且發黑的牆上，和魚兒對上視線。

這裡被視為案發現場，但這幅塗鴉與案件恐怕毫無關聯。

作畫者似乎想畫香魚，但我看來也像青花魚或鮪魚。換言之，可能性無限大。我猜這幅煞風景的塗鴉也隱含了這般藝術性觀點。

當然是騙你的。

但是，就算找到這種塗鴉，也不可能找得到妹妹。我在上學途中也有發現其他魚兒塗鴉，今天早上我也花了很長時間盯著塗鴉看，直到厭煩。

河魚。香魚。與我的名字同音。

因此，把這些塗鴉和我連想在一起也不荒唐。

我胡說的。

妹妹擅長畫圖嗎？我們總是玩在一起，我卻對這件事毫無記憶。恐怕是因為父親委婉地禁止我們畫肖像畫吧。縱使沒明確地說出理由，但肯定是顧慮到母親。父親基本上只會為了母親而行動。

那是出於體貼還是自我保護？

我不討厭父親，但也不認為他很善良。

算了，先不提這件事。

為什麼我會在乎這幅塗鴉？

「……是為什麼呢？」

因為和逐漸稀薄的妹妹回憶有關？

血液加速流動。

像用指甲抓摳傷口上的紅黑色結痂，興奮與猶豫不斷堆疊，隨時都會崩塌時，痛下決心將手指深深插入，接著……

想像到傷口流血的情景後，渾身起雞皮疙瘩。我隔著衣服撫摸手臂，讓自己平靜下來。即使只是想像中的血泊，也讓我感到類似反胃的感受。

我很怕血。不知道有沒有人不會怕就是了。

感到不舒服，繼續留在外頭被寒風吹襲只會凍僵，因此我決定回家。轉頭看去，店家外空蕩蕩的停車場裡堆著許多大型垃圾。在垃圾堆中不會掉出人的斷臂。這個小鎮表面上一直很和平。

但在不見天日之處有人死亡。

也有人生存。

有人活在不為人知的地方，難以言喻的事物循環，總有一天會浮現。

也會有這種時候，畢竟地球在旋轉。

國中的上學路上，自好幾年前就插著預言地球將會滅亡的牌子，但那個不知道是誰寫的預言並未成真，我們仍在冬日的凝重氣息中殘喘過活。

２０３３年，世界仍然旋轉著。沒人知道這顆自轉的球體最終會有什麼結局。

「……算了，和我無關。」

年月日不過是人類使用的度量單位。

就如同長大後不再有機會用尺，那也是無意義的度量單位。

倘若只想活在當下，這些不過是枝微末節罷了。

我折返至熟悉的路徑，在繞路徒增疲勞感後回到家中。我現在住在姑婆家裡。

從父母身邊獨立聽起來或許很好聽，但不過是逃出來罷了。我和妹妹一起離開那個家了。那裡是父親與母親的家，不是我和妹妹的家。

我花了一點時間才發現這個事實。而妹妹，沒人提醒她的話恐怕永遠也不會發現吧。也許那樣也好。

準備進屋子裡時，聽到後院傳來狗吠聲。姑姑在照顧狗嗎？認為去打聲招呼比較好，我收起鑰匙，繞到後院。沿著牆壁移動，來到曬衣用的小庭院，地上有一道人影。但那不是姑婆，也不是姑姑。在寒空之下，那名女子穿著不合時節的紫色浴衣。明明不是春季，卻是蝴蝶花紋。我對她的模樣與背影有印象。女子正蹲著陪狗玩耍。姑姑養的大批狗兒彷彿撒餌時的鯉魚一般，興奮奔躍。牠們似乎很喜歡這位浴衣女子。女子一開始能應付牠們，但在三四隻狗兒的鼻頭同時頂上來時，不免「呀啊！」地尖叫一聲，無法敵過牠們。仰面躺下的她注意到我的存在。四眼相對時，她的嘴角如新月似的扭曲起來。

長長的黑髮垂掛在地上，彷彿恐怖片。

「回來啦。」

「呃……」

「妳是雙胞胎中比較笨的那個嗎？」

「比較聰明的那個。」

我鼓起臉頰回答。女子滿不在乎地站起。或許是打扮的關係，光站起身來就有獨特的嬌豔。

「在難得的地方相遇了呢。」

呼呵呵，女子用浴衣袖子遮掩嘴巴說，只有眼神露出笑意。雖然舉止和外貌有些矯揉造作，但沒有惡意，這種風格也很適合她。只露出眼睛的話，給人的感覺與父親一模一樣。

「一點也不難得，我就住在這裡。」

「但我沒有，所以難得。」

小狗們群聚在女子腳邊玩耍。為什麼那麼喜歡她？

「請問妳是……」

瞬間想不起名字。

「忘了嗎？我是貓伏景子。」

她叫這個名字嗎？好像跟她之前說的不同。也許記不得她名字的理由就在這裡，並非是我的腦袋不靈光。

「請問有事嗎？」

至少不是來找姑婆或姑姑的才對。她和她們毫無瓜葛。

那是來找我的嗎？這也很難說。

「嗯，我來看狗兒的。」

她爽快地說，應該是謊言。的確，她似乎沒有什麼理由來此，若說是來看狗的還比較能相信，但她很像父親。

像父親，就表示她是個騙子。

父親愛騙人但不怎麼高明，而她似乎很擅長說謊。

因此她大部分的發言都不能相信。

但是，年齡層應該與父親相近，外表卻異常年輕。也許是因為打扮過於獨特，難以與他人比較的緣故。價值觀時常需要經過比較才能明白差異。當心靈站在不穩固的地盤上時，自然會謀求安穩。

「妳回來得很晚，去了哪裡嗎？」

「……沒有……」

我支吾其詞。因為從來沒人關心過我的行程。很清淨正好，但或許偶爾被問起也很新鮮，所以就不小心誠實地回答了。

「我去找妹妹。」

「真是令人感動的大事。」

這種心不在焉的回答感覺與妹妹很相似。

「找到了嗎？」

「沒有。」

「這樣啊。」

貓伏景子垂下眼簾般閉上眼。她知道我的情況嗎？

說不定是父親委託她來的。倘若如此，也太快露餡了。

「找到後妳打算怎麼辦？」

對方微揚起嘴角問我。身為姊姊，那還用說。

「如果她幹了蠢事，我得警告她。」

「哎呀，不幫她嗎？」

這名自稱貓某某的女人大感意外地瞪大雙眼，連狗兒也一起抬頭看我。

我對她如何統御這些狗兒的方法有點感興趣。

「我才不想成為壞事的幫凶呢。」

「壞事啊……」

呵呵呵，貓某某哼笑，從浴衣袖袋裡取出某物。在手心上的是一顆小石子。

石子晶瑩亮白，不輸她的纖白手指，是鋪在庭院地上的那種白石子。

她將其握緊。

看不見石子了。

「現在，我的手中確實有石子，卻看不見。」

貓某某說完，露出試探性的微笑。

聰明的我一瞬間就理解她在比喻什麼。

「妳要我找出這顆石頭吧？」

而她能夠正確地表現出來，就表示她掌握了我與妹妹的關係。

「這樣能算是尋找嗎？」

貓某某說著什麼，我沒什麼在聽。比起這個，自己瘋了的事被外人知情更令我感到丟臉。我想隱瞞起來過活，卻被其他人輕易地洩漏出去，多麼令人難堪。父親在想什麼，而把這件事告訴這女人？

把小石子收回袖袋後，貓某某重新望向我。

接著——

「我也一起幫忙找令妹吧。」

她掛起露骨表達出善意的膚淺笑容，隨意向我提議。

「不用了謝謝，恕我婉拒妳的好意。」

「哎呀，立刻拒絕了。」

我鄭重拒絕後，或許是被我的誠實打動，貓某某感動落淚。

騙你的。

為什麼我的私事非得讓無關的外人插一腳不可？

……或是說插手才對？

「別看我這樣，我的姊度很高，能幫妳找到妹妹喔。」

「不，我有點聽不懂妳在說什麼。」

姊度是什麼？黏土嗎？一個大人，說話別這麼不經大腦。

我提高疑心地回看她，對方則面帶嘲弄地瞇起眼睛微笑。這個表情雖與父親相似，但也有決定性的差別——父親不會露出暗藏貶低他人之意的笑容。

說到底，父親本來就很少笑就是了。

「那我該走了。」

「是嗎？請便。」

「等待的時間還比較久呢。」

嗯呵呵，意味深長地露出帶有陰影的笑容。

她是想來和我聊妹妹的事，抑或真的只是來見狗？

不論何者都只會給人添麻煩。

貓某某要離開時，狗兒們也想跟著她離開。喂喂，你們忘了姑姑的養育之恩嗎？但雖然說是恩情，狗兒們真的想住這裡嗎？

狗兒們以某種近乎綁架的形式來到家中。

牠們是否期望如此，沒人知道。

貓某某回頭，命令狗兒「坐下」後，全都乖乖停下了。她似乎還能使出這種魔法。對了，父親似乎稱呼這女人為「魔女」。

「再會了……對了，還有，要珍惜妳妹妹喔。」

唯獨在最後裝成年長者丟下這句話後，貓某某離開了。踏上馬路時，她撐起紫色和傘，不斷地旋轉。穿透紙傘的陽光帶著獨特的昏暗感投射在地面。

有種連這邊都能聞到和紙氣味的錯覺。

全身上下都是紫色的女人背影消失在遠處。

空泛又毫無內容的對話。

唯有夕陽填滿周遭。

太陽的熱度沿著指尖徐徐傳遞上來，一開始給人浸泡在熱水中的溫度，陽光偏移後，殘留下令人輕打哆嗦的寒氣。像在示意晝與夜的交界。而被留在夕陽那端的狗兒們遵守著命令，老實地待著。

佇立原地的我開始覺得自己也成了其中之一，「哈！」地冷笑一聲，抬頭仰望上方。

珍惜妹妹啊。

「就算我想也辦不到啊。」

撩起頭髮的我知道眼眶乾澀起來。

「咻咻咻咻咻嚕～」

「……………………………………」

「咚咚噹噹～」

「妳很吵。」

「是是是。」

得到點心，我心情愉快地鬼叫時，姊姊大人將視線從書本上移開，瞪了我一眼。

「是是是。」

「……真令人擔心。如果我不在妳身邊，妳能好好過生活嗎？」

「可以啊。」

我意氣風發地回答，姊姊大人嘆氣後再次看向書本。

我和姊姊大人在家共用一個房間。沒什麼不滿。我和姊姊大人的書桌與床鋪並排在一起，不會礙到其功用。不久之前我們還睡在同一個被窩裡，現在身體也開始成長，睡在一起會太擠就分開了。冬天被窩變暖的速度變慢了。

「妳何時才會變聰明呢？」

「何時呢～」

我不知道，所以只好每天去學校讀書。

我甩動書桌底下的腳。似乎是因為我太吵，姊姊大人闔上書本，爬下折疊起來的棉被，走到我身邊。

「功課寫完了？」

她探頭看我的書桌，確認進度。我說著「還好啦~」讓姊姊大人看筆記本。姊姊大人接過，逐一確認後說：「這裡錯了。」

「哎呀？」

「這裡也是。妳啊，明明加法和乘法都不錯，減法卻老是出錯呢。」

「因為我很積極啊。」

「積極有什麼用。」

姊姊大人不屑地說，順便把筆記本還給我。

「不是只懂得向前就好，視野是愈寬廣愈好，懂了嗎？」

她用眼神問我：「懂嗎？」，我大力點頭，回答：「完全明白！」

姊姊大人傻眼地瞇起眼睛。

「妳啊，早點克服妳的蠢病吧。」

「好。」

「……除了笨以外，妳是個稱職的好妹妹。」

她瞇起眼，表情像在看可怕的東西，嘴裡卻說著相反的話。

姊姊大人的這種矛盾個性很有趣。

因為很有趣，所以我咧嘴笑了。

「妳在稱讚我嗎？」

「笨蛋。」

聲音裡比方才柔和不少。

「所以會殺人的傢伙也好。」

對於我的請求，帽子男面露難色。

「我是有個熟人符合妳的條件，但介紹給妳好像會很開心，還是算了。」

「咦～好小氣～怎麼能不達成女孩子的請求呢～」

女孩子？帽子男認真地環顧四周。這混蛋。

「喔，妳在說妳？」

他望著我的眼神多麼純樸啊，而聲音又如此空虛。

「如果是就好了呢。」

「我不是說妳，而是那傢伙會開心。我是不爽看到這個。」

「是喔。」

換句話說，他似乎有他的苦衷。面對沒有興趣的事，我向來這樣打發。

苦衷真是個好用。

從加油站走了一段距離，走到另一條道路上。這裡原本是條小路，目前正在挖灌溉渠道並鋪設方形涵管，進行道路拓寬等工程。重機具斜斜地停在土坡上。探頭一看，施工的坑道比我的身高還深。如果跳到底下，梯子不小心被拿掉的話，恐怕難以自力脫逃。

或許是因為挖出來的土甚至堆到了路上，土味濃烈，似乎鼻腔深處都變乾燥了。

走在路旁，一旁跟著我的帽子男側眼看著我。

明明表情溫順，眼神卻意外犀利。

「如果找到了殺人犯，妳想怎麼做？」

「戰鬥。」

將球棒伸向前方，曾經全力毆打人的觸感甦醒。

「為什麼？」

「因為壞人可以毫不客氣地揍下去。」

我的家教非常良好，要我故意傷害善良人士是絕對辦不到。

就算獲得許可說可以揍人，我也會猶豫。

但如果是壞人，怎麼痛揍也沒關係。能全力攻擊。能發揮百分之百的力量。

多麼美好啊，光想像就讓人陶醉。

「大致上就是這樣！」

我強調後，帽子男的手肘略為後縮。

「妳真是個理論派的○○○。」

因為使用了隱字，所以我也沒聽到，感覺到他的體貼。

雖然我不懂那是什麼意思。

「別看我這樣，我很重視過程喔。和人生一樣。」

「呼嗯……妳想找的危險人物似乎就在我面前。」

「真巧呢，我也覺得現在就在我身旁呢。」

哇哈哈。兩人乾笑著。雖然才剛認識不久，我隱約能感覺到。

這名男子也有危險的一面，雖然和我的方向性完全不同，所以實在無法變成朋友。只是他似乎成功馴服了內在的衝動，表面十分平穩。

我舉起金屬球棒，一邊吆喝一邊英勇地前進，這是只有在毫無人煙的清晨才被允許的行為。

「印象中壞人都不會早起，果然還是得在晚上找呢。」

「確實。」帽子男娑摩著下巴，同意我的說詞。

「但打倒了妳所謂的壞人後，會發生什麼事？」

「天曉得。或許拿到錢和經驗值後破關吧。」

經驗愈多，人生就愈豐富，錢財也是多多益善。

我只想著積極的事。

我唱起「嚕咿嚕哩邦比～」，而帽子男與我開心的歌曲相反，嘆了一口氣。

「話說回來，妳為什麼帶著球棒？」

「我是個弱女子，需要護身。」

很久很久以前，不，也沒那麼久吧。唉，算了。過去曾發生連續失蹤案，我也被歹徒盯上。

自那時起，我一直隨身攜帶著護身用球棒，直到現在而已。

「真傷腦筋，狀況比我聽說的還嚴重呢。」

「什麼？」

帽子男的眼神有些飄忽，似乎在斟酌言詞。

「我呢～有人委託我一點小事，對方好像很擔心妳會涉入或引起案件。」

「……………………」

指尖的力道增強，彷彿從手指上急速長出藤蔓，纏住球棒。

身體的各部位感覺到在體內順暢循環的鮮血正在沸騰，同時火勢也愈燒愈旺。

「由妳的反應看來，似乎完全沒猜錯。」

帽子男凝視我的手邊判斷。

真是的。

幹嘛委託這種無意義的事。

「父親大人就是這麼愛操心。」

眼前這名男子是我的阻礙。

「假如你想妨礙我，我的答案很簡單。」

「……妳想怎麼做？」

帽子男高舉起鋁合金公事包，與我拉開一步的距離。

他緊盯著對準自己的球棒，以及在銀灰色物體背後的我。

我自問我相信自己擁有的良知。

眼前這個人是壞人嗎？

不，不是。

既然如此——

「我會這麼做。」

感覺到輕快感，盡可能帥氣地越過柵欄。

縱身跳躍。

不，任誰來看都是墜落。

我跳進路旁的施工坑洞。沒確實掌握高度，也不知道翻掘出來的土堆底下有什麼。身體逐漸下沉，渴望著不透明的海底。在空氣中。在重力中。

加速的視野被深褐色填滿，宛如滑下山嶺斜面。

而腳還沒著地，屁股先撞到了。猛然和斜坡上的突起部分相碰。

「好痛！好痛好痛！」

結果順勢在底部著地，我摸摸屁股。有種肉被擠到上頭的奇妙感覺，但似乎沒有嚴重到骨折的傷勢。雖然剛才的行動有欠思慮，但結果還行。

上頭也能聞到的土味，彷彿燒焦的味道更濃厚了，不屏住呼吸恐怕會嗆到。

四周陰暗，有種誤闖山谷的氣氛。

還不賴。

往前直行會通往仍在施工的灌溉渠道。

帽子男背對著逐漸升起的旭日，探頭看我。

我直直伸出球棒，得意地抬頭挺胸。

「怎樣，有勇氣追來嗎！」

「不，老實說好麻煩……妳的腳沒事吧？」

「放心放心。」

交互揮動雙腳表示沒問題。「這樣啊。」帽子男苦笑地回答，微微動了嘴。

從嘴唇的動作看來像在說：「好亂來的傢伙。」

會嗎？我愉快地歪起頭。我自認是非常平凡的人，只是比其他人更重視自己的真實心情。這部分或許是遺傳自母親大人吧。

母親大人是個非常純真的人。

純真到無法判斷善惡的程度。

奔跑。踏在不安定的地面上，伴隨著泥土的乾燥氣息。

每次邁出腳步前進，屁股就感覺到錐心刺痛。為了甩脫這種感覺，更加快腳步。

邊跑邊暴露自己的真心話。

「啊~好想快點痛揍壞蛋喔~！」

揍人，被揍，直到渾身浴血。

然後，就能和姊姊大人一起……

這個家裡住著姑婆、姑姑及我和妹妹。仔細一想，這個家中只有女人。

夜已深時，我來到廚房。這個家裡沒人會招呼吃飯，所以得自行遵守用餐時間。假如忘記，其他人會自行開動，從不等人。畢竟我們並非作為一家人在此生活，這樣非常正確。

姑姑早就坐在廚房裡，瞥了走進來的我一眼，眼神依然凶惡，墨染般的一頭黑髮蓬亂，礙事地在額頭上晃動。聽說姑姑以前過著非常刺激的日子，從她剽悍的面容看來也能明白。

她和她的哥哥——我的父親不同，但一樣不愛理人。

姑姑只是這麼坐著，姑婆則在準備晚餐。姑婆的年紀不小了，動作仍很敏捷。或者該說很清澈。

年長者給我混濁的印象。

縱使有血緣，對於要養我們這群食客，姑婆只簡單地說「習慣了」。

仔細想想，姑婆的個性也不怎麼和藹可親。這大概是我們家族的特色。

很常笑的只有妹妹。即使不開心也會笑。

一家人圍繞著餐桌吃飯，桌上擺著四雙筷子。姑婆、姑姑、我及……妹妹。

妹妹坐在這裡。

然而，意識到映入視野的她而想看著她時，像鬼遮眼一般怎麼也見不到。不管我怎麼努力，看不到就是看不到。

只能心情煩悶地繼續吃著食不知味的晚餐。

想起手心裡的小石子。

該怎麼取出來才好？

……很簡單，只要能明白是什麼遮住石子就好。

這樣一來，也能從遮蔽物底下搜刮一空。

姑姑還是一如往常地大口痛快吃飯。

她曾笑著說自己是「不工作也能過活的人」，對活著毫無迷惘。

吃完晚餐，洗澡時泡到有點頭暈後，我回到房間發呆。

十分冰冷的室內現在卻令人覺得很舒暢。

坐在疊在牆邊的棉被上，享受片刻安穩。

「…………………………………………………」

結果什麼也沒發生地度過了一天。

又累積了不完整的一天。

『別急嘛，姊姊大人。人生的過程最重要。』

彷彿聽到妹妹這麼說。

是幻聽還是昔日回憶？還是，她現在真的就在這裡？

無論如何，我完全反對如此愚蠢的意見。

「人生的結果才是一切。過程只是用來當作藉口的材料。」

結果就是答案。沒有人會在沒有作答的考卷上給分。

又有誰會誇獎迷路的孩子呢？

『姊姊大人真是聰明呢。』

「哼。」

被人稱讚理所當然的事當然開心不起來。

我抱膝蹲坐。

看不見妹妹是因為我不正常，這就是一切。我承認這點，也相信這是正確的認知。我的腦子應該出錯了。

就和我的父母一樣。

我的父母和他們的世界妥協活著。當然，我不願意如此。

無法認知到妹妹的姊姊太離譜了。

我無法忍耐不完整地活著。

這一切都是妹妹害的。

都是因為我有妹妹。

洩憤似的甩動手臂，朝側面揮出，試著打中或許在我身邊的妹妹。我不斷用力地甩著，在轉到第三圈時，右手手背猛然揮上背後的牆壁，順勢擦過，小指的皮膚殘留著刺痛的溫度。

好痛。我皺眉撫摸傷口。

「笨蛋。」

我這句話是對誰說的怨言？笨蛋妹妹嗎？還是自認聰明的我？

咒罵聲盤旋了一陣子後，消失在晶瑩通透的天花板。

我按著右手側邊，把臉埋進雙膝中。

可惡，小指好痛。

我失去了什麼？

那是可以遺忘的，還是必須回想起來的事物？

籠罩在思考迷霧之中，分不清左右，唯有目的地很明確。

我得找出妹妹才行。

為了成為正常的姊姊，那是不可或缺的。

第二章「Ever」

想殺人和想死，偏向哪一邊比較幸福？

比較想殺人的人大概是她，比較想死的人是我。

相較之下，她似乎幸福得多。

因此是想殺人的人勝出。因為殺人的人還能活著，但死去的人會死去。

幸與不幸是在世者制定的價值觀。

那麼，逝者的價值觀又是什麼？

我想像自己死後的情景。我在鬼門關前走過好幾回，再多踏出一步就好了。

關於我死後的願望。

我希望身邊的人在緬懷我的時候。

回憶起與我有關之事的時候。

哪怕只有一件，也能讓他們覺得「還不錯」。

這是我的願望。
增加這種事物，
或許就是人活著的意義吧。
如今我才想通這個道理。
我思考著這件事，
變得想聽某人的想法。
「妳覺得呢？」試著詢問意見，
而她早就睡著了。

偶爾會憶起曾在看過解說彩虹顏色的節目。

那是適合兒童的科普節目，說明光的顏色會變化的原因。我和妹妹一起在房間裡看過。雖然內容也令人印象深刻，但妹妹在一旁不停地喊著「喔～喔～」很吵，所以特別有印象。

『喔～喔～喔喔～喔～喔～』

像在模仿清晨時會聽見的鳥鳴聲，妹妹恍然大悟地不斷點頭。

那時還沒上小學，仍能看見妹妹。

妹妹回頭凝望著我，在她那雙十分清澈的眼裡倒映著我的模樣。這副表情和母親與父親獨處時望著他的模樣很類似。

或許是我們兩人現在都穿著睡衣，更有這種感覺。

『幹嘛？』

『姊姊大人是什麼色？』

『啊？』

『是紅的藍的還是黃的？』

跟不上笨蛋的想法。問題莫名其妙，所以我也隨口亂答。

『看就知道了吧？』

『原來如此～』

「姊姊大人好聰明！」彷彿在灑彩紙般，妹妹高舉起雙手。明白就好。我想繼續看書，妹妹卻從電視機前爬行到我這裡，接著在我旁邊開始仔細觀察我。我馬上後悔自己那樣說了。

我想專心看書，妹妹的視線卻像蚊子一樣纏著我，不到非常煩人，但令人靜不下心。可是如果因此對妹妹做出反應，感覺就輸了，所以我也頑固地繼續假裝在讀書。

妹妹剛洗完澡的熱氣和香氣瞬時迎面而來。

這時——

『姊姊大人是鮮紅色的。』

妹妹開心地得出結論。

『喔，這樣啊。』

『沒錯沒錯。』

妹妹似乎接受了，之後回到電視機前，問題總算解決了。

『……………………………』

不對。

我闔上書本，來到妹妹身旁。

『為什麼？』

『啊？』

妹妹表情呆滯地回應，不懂我的用意。真是個不擅觀察的妹妹。

『為什麼是紅色的？』

『喔，是問這個啊。因為姊姊大人眉頭皺得緊緊的，紅通通的啊！』

『…………………………………………喔。』

『妳的人生有這麼痛苦嗎？』

『嗯，我現在就覺得很痛苦。』

『唔咦！』

我從兩旁挾住妹妹的臉，教訓了她一頓。妹妹的雙頰也變紅了。相同的顏色，以及即使不是一模一樣也滿相似的臉蛋。

我和妹妹說不定是波長不同的同一道光束。

有過這段往事。

睜開眼和打開書本時的感覺很像，有不一樣的景色迎接我。

那天早上，我睜開眼時見到家門口的景象。記憶中有些許空白。我沒有醒來吃早餐、換裝的記憶，卻整整齊齊地穿著制服。是每天都會穿的水手服。我摸摸綁在胸前的領巾末端。

燦爛的陽光像在嘲笑因為怕冷而穿上厚重衣服的我們，而我站在它下方。

想說應該沒問題，我決定直接去上學。離開家門口時，和鄰居的怪叔叔擦身而過，向他打聲招呼。年紀也許還稱不上叔叔，但將年長者稱呼為青年感覺更彆扭。

怪叔叔是個氣質穩重，待人和藹的人，但偶爾會低頭望著某處開始低語。他肯定在看著不同世界吧。到處都有這種人。人人所見的景色都不盡相同。

我一開始以為他是在對我看不見的妹妹說話，但妹妹沒那麼矮。假如她是像毛毛蟲一樣前進的話另當別論。雖然無法保證那個笨蛋不會這麼做，但應該不是吧。

上學途中經過魚兒塗鴉時瞥了一眼，但這次沒有注目許久。

感覺妹妹不會在這種地方。

既然如此，會在哪裡？

說不定一回頭就能見到，也可能正在我的眼前嘲弄著我。

妹妹充斥於世上，我卻怎樣也捕撈不到。

來到學校，乖乖前往教室，默默聽課。

認真學習，極力不和其他學生有所牽扯，安穩地度過。

我必須徹底超乎必要地執行這樣的過程。

就像在海底憋氣一般。

我位在比一般人更低的位置。

這是從我出生以來就註定的事，無可奈何。我無法干涉，也無法裝作什麼事都沒發生。擁有被捲入犯罪的雙親就是這樣。發生於鄉下地方的悽慘案子不管經過多久，意外地會牢牢留在人的記憶裡，即使可恨也會流傳下去。自幼以來的遭遇讓我體認到自己是個怎樣的孩子。

以前曾因無法接受而有些失控，但那時的我太年輕了。

如今我已變得老成。並非成長，而是心靈明顯衰弱了。

「…………」

喀哩喀哩喀哩喀哩喀哩。

平安無事地來到放學時間。很多事情只要別去在意，每天就會像融入空氣裡一般變得稀薄。就像收拾折疊椅一樣，淡然地歸納於日常。

這樣很理想。但是，只有妹妹的事不處理不行。

這是身為姊姊的宿命。

「唔咦！」一邊收拾書包，不經意地望向窗外時，不小心發出毫無氣質的聲音。校門口有一道紫色身影搖曳。飛舞在紙傘上的櫻花花瓣劃出緩和的圓形軌跡。

昨天來訪的貓某某像在堵人似的靠在校門口。她要找的人多半是我吧。繼昨天之後，她究竟想做什麼？我知道自己皺起眉頭。是父親或某個人拜託她來的嗎？

準備離校的學生都一臉疑惑地經過她。她似乎很享受學生們的反應，依稀可見到隱藏在傘下的嘴角微微上揚。她在社會上應該算小有名氣，不知道有沒有學生認出她來。和那麼醒目的人物在大門口交談的話，會引來更多不必要的傳聞。

從後門繞路回家吧。

我邊考慮對策邊繼續俯視校門口，發現貓某某朝空無一物的眼前揮手。看起來在對某個走過她面前的人打招呼。

但我仔細觀察，沒看到其他人。

我看不見，但其他人能看見的人物。

難道妹妹剛從她面前經過了嗎？

回過神時，我已經抓起書包衝出教室，三兩步跳下階梯，換鞋子時沒穿好，踩著鞋跟就衝出校舍。一跑，右腳的鞋子飛出去，掉到校舍牆壁旁。要撿太麻煩，我直接跑向校門。

「妳怎麼了？」

在途中追過正要前往社團的金田，但我沒多做說明。

「不是啦，我叫金子。」

沒人問你。

朝著校門全力飛奔，與貓某某對上眼的時候，她擺出驚訝的模樣。

「哎呀，虧妳知道我在這裡呢。」

這身醒目打扮，她以為不會被發現嗎？

「妳來這裡做什麼？」

「我想來感受學校的氣息。真是熱鬧呢。」

貓某某一邊哼唱奇妙歌曲一邊拍打傘柄說。

「對了，我妹妹剛才有經過這裡嗎？」

「令妹？她有來嗎？」

貓某某裝傻地移開目光。

「妳在對某個人揮手吧？」

「喔～原來那是令妹啊，和妳不怎麼像呢。」

「大家都這麼說。她往哪個方向走了？」

「那邊。」

我朝貓某某隨便指的方向走，來到外頭的大街上。但不知道誰是妹妹。

看得見的女學生背影都不是她。尋找著看不見的對象，眼睛都快花了。

「在哪裡？」

我回頭問。貓某某只從門旁伸出頭確認。

「好像已經走了。」

「真的？」

「懷疑的話就請自己努力看見吧。」

被戳中痛處。拜託他人幫忙這種事應該覺得可恥。

曾經有人說過，家人的問題就該由家人自己解決。

我完全同意。

「對了對了，我說過要幫妳找。要留住她比較好嗎？」

貓某某刻意地閉起眼笑著。

「……麻煩妳下次這麼做。」

「我明白了。」

和妹妹的回答一樣輕佻隨意。

我再次眺望遠方，確定自己跟丟了妹妹。真是隨興的傢伙。

只剩掉了一隻鞋子的笨蛋和貓某某還留在原地。我轉頭看她，對方露出微笑。

「如何，要稍微聊聊嗎？」

「我沒有話要跟妳聊。」

我打算無視她離開。但她拋過來的下一句話使我停下腳步。

「妳不想找到妹妹嗎？」

她帶有挑釁的語氣挑起了我的反抗心。

「意思是和妳一起的話，就辦得到嗎？」

「辦得到。」

貓某某充滿了毫無破綻的自信說。

「大概。」

連退縮也充滿了自信。她的自信不像穩固的柱子，而是方糖。

「我應該能幫上忙。畢竟我也是個姊姊。」

這兩件事有關係嗎？怎麼看也沒有吧。但我自己一個人也不知道該怎麼找起，而且有其他明白狀況的人在身旁的話，或許也能在發現妹妹時提醒我。

我思考了一會兒。

拜託別人很可恥。

但是，看不見妹妹更是可恥。

根本是奇恥大辱。

「……我去撿鞋子，請等我一下。」

我抬起只剩襪子的右腳說。

「噗哈哈哈。」

她哈哈大笑地說：「那是怎樣？」而且皮笑肉不笑，眼神之中毫無笑意。

這種不協調的感覺，讓我覺得和父母很相似。

這個人也很扭曲。

我折返回去撿鞋子時，金田拿著鞋子。他用指尖勾著，鞋子晃啊晃。

「不是啦，我叫金子。」

是啊。

「謝謝。」

我接過鞋子後這次確實穿好，回到正門。看到我回來，貓某某總算結束她作為大門裝飾品的職責。雖然和撐著傘的她走在一起不管怎麼樣都很顯眼。

但這或許會有某種幫助……真花俏的稻草。

「貓某某小姐。」

「我叫大江湯女。」

喔，對對對，我記得她其實是這個名字。我想起來了。

「昨天為什麼說謊？」

「不知道。而且那不是謊言，我有很多名字。」

她說：「就和以諾（註：聖經人物，傳說他升天後成為大天使梅塔特隆，擁有眾多別名）一樣。」以諾是誰啊？

轉動紙傘似乎是她的習慣，湯女小姐一邊轉著傘一邊確認週邊。前往的方向並非姑婆家，我懷疑她想帶我去哪裡時，湯女察覺我的心思，開口說：

「妳知道嗎？最近的孩子好像都不說咖啡廳，而是說咖啡館喔。」

「是喔。」

「增加語彙是好事。」

「是嗎？」

對覺得上英文課很痛苦的我來說，想叫他們不要多事。

「不覺得同一種事物有多種形容方式比較有趣嗎？」

「不，完全不覺得。」

湯女凹起手指列舉。

「像是個性陰沉、妄想症、瘋狂、頑固、視野狹隘。」

與其說是形容方式，只是壞話大全罷了。而且，這些形容都感覺別有深意。

「妳在說我？」

「希望不是。」

她不著邊際地，游刃有餘地迴避我的問題，而我就像顆球，在傘上滾動著。是我不擅長應付的類型。

我哼了一聲。

相符之處只有個性陰沉這點吧。

就這樣，我們走到鬧區。每次造訪這裡，都是灰色的。也許是因為大部分的店家都關店大吉了。鬧區是過去曾經存在的名號，如今只是遺留下來的事物蒙上一層塵埃，裝飾著店面。湯女在倒閉的店家群中找到一家默默營業的咖啡館。

「我們去那兒吧。」

咖啡店位於倒閉的鯛魚燒店後方，店門口仍留有香菸攤的痕跡。

進入店內，入口旁擺放著飼養龍魚的水槽。湯女伸長脖子看得有點入神。包括姑姑的狗，她對生物似乎很好奇。

「妳喜歡動物嗎？」

「嗯，喜歡程度僅次於人類吧。」

「……是喔。」

答案令人意外。因為她的態度看起來完全不像喜歡人類。這種充滿偏見的看法應該沒錯，因為這位女性和我的父親很相像。

換句話說，也和我很像。我以為我們的共通點是都討厭人類。

我們在老婆婆的帶領下坐到裡頭的位子。店內狹窄，燈光陰暗，櫃台後有位老先生，看來這家店是由這對老夫婦一起經營。紅紫色椅子的扶手也早已彎垂。

除了我們以外，沒有其他顧客。

「我要點柳橙汁，妳呢？」

「都好。」

「那就不點吧。」

老婆婆立刻離開了……算了，沒關係。

「打起精神吧。這顆方糖給妳。」

「不必了。」

「給妳三顆喔。」

「不，我不要……」

她硬塞給我。兩顆白色，一顆黑色。放在手心滾動，我將一顆白方糖放入口中。

「妳平常不來這一帶嗎？」

「嗯，完全不來。」

好甜。

「朋友呢？」

「沒有。」

「嗯哈哈哈。」我的回答似乎被她料中，她毫不客氣地嘲笑我。

「妳這孩子好陰沉。」

「請不要管我。」

「放心吧，我也不打算為妳做什麼。」

「呼。」

我坦率地鬆了一口氣。當然是騙人的就是了。

「……我妹或許很常來玩。」

「真的嗎？」

「我不知道。」我搖頭。

「那只是我的猜想。自從看不到她後，我就不太了解她會做什麼了。」

我心中的妹妹停留在揹著小學書包的年紀。我們的書包是成對的，顏色或形狀都一樣，很容易搞混，實際上要上學時也曾搞錯好幾次，因此我不喜歡。明明我們同學年，上的課程也一樣，妹妹的書包卻比較重。

我曾經問她都放些什麼，她從書包裡掏出一大堆圖畫紙。妹妹很愛畫圖。

柳橙汁很快就送來了，還附贈吐司。明明不是早餐時間。

「這個給妳。」

湯女把盛放吐司的盤子推了過來。

「我能收下嗎？」

「可以啊。因為我回家後還得吃一大堆可愛妹妹親手為我做的料理。」

「唉，真傷腦筋啊，嘿嘿嘿。」湯女的嘴角難得浮現毫不從容的笑。

吐司上塗了一層薄薄奶油，我將方糖放在上頭。送入口中，一併咬碎。

「對了，具體來說，妳找我想談什麼？」

嚼著方糖如砂礫般的口感，我切入正題。用吸管吸啜一口柳橙汁後，湯女從浴衣袖袋裡拿出大型筆記本和筆。

「妳的袖袋能裝著那種東西？」

「這個袖袋裡放了所有東西喔。」

「是喔……」

「我還能拿出金屬球棒或平底鍋喔。」

「好厲害喔。」

為什麼要說無意義的謊話？

「能告訴我關於令妹的事嗎？」

湯女把緊握著的自動鉛筆筆尖對準我。我記得她是個職業鋼琴家。雖然不確定是否每個鋼琴家都如此，但她的手指很漂亮，合乎我對這個職業的印象。

「妳找我不是想說什麼事，而是想問問題嗎？」

「我不清楚這個事件的全貌，所以想先整理一下資訊。」

她在筆記本上大大地寫下「妹妹透明人事件」。我望著內容，覺得很難閱讀。

「怎麼不寫漢字呢？」

而且字體很大，字跡很像小孩。

「因為我沒上過學，就如字面所述。」

湯女像在回憶往事般，露出褪色的笑容談論自己。

「別看我這樣，我正在努力學習呢……我的事並不重要，重點是妳的問題。令妹不可能從一開始就不存在，因為我以前也見過她。」

「豈止以前，妳剛剛才見到她吧？」

「說得也是。」

又用平假名大大寫下「妹妹」。鎮座在筆記本中央，反倒還挺有一回事的。

「妳記得自己是從什麼時候開始看不見妹妹的嗎？」

「……我想想。」

周遭的一切如黑夜一般幽暗，只有波濤異常鮮藍的海洋。

膽顫心驚地把腳伸向海面……我聯想到這種情景。

「大概是……六年前……或七年前的事。」

一回想起當時的妹妹，就伴隨著泥土氣味。因為她總是在外頭玩耍嗎？

……有玩耍嗎？氣氛彷彿凝固起來，變得模糊不明。

「是2026年或27年左右。看不見是什麼情況？突然間消失，還是逐漸無法認知到她的存在？」

「是突然消失，不是一點一滴地透明化。怎麼說呢……很像躲在我的腦袋內側……明明能感覺到她的存在，卻無法望向她。」

我一直有種只要將腦袋的方向反轉過來，說不定就能看見妹妹的焦慮感。

但是很難將手伸進腦袋裡。不管是物理上還是精神上。

「自從看不見後過了七年，妳在這段期間有感覺到不方便嗎？」

我沉思半晌，回答：「沒有。」

「反正她似乎過得很好，不用聽她的喧鬧聲我也樂得清閒……沒什麼不方便。」

我沒辦法說視野一角被遮蔽封閉似的不悅感沒有不便。

即使習慣了，還是很礙事。但要一一訂正謊言也很麻煩。

「是喔。如果是我，妹妹一天不在就會擔心呢。」

「真令人敬佩的姊姊。但是我妹並非消失了。」

她存在於某處。說不定現在就在我的身旁。

吃了一半的吐司沒有被其他人的手拿走。

「而妳直到最近才想找她，心境上有什麼轉折嗎？」

湯女抬起臉看我。我很猶豫是否該講，但隱瞞也沒有意義。

「因為最近發生的案件似乎與她有關，我無法放任不管。」

「案件？」

湯女微微歪著頭，之後推起根本沒有戴的眼鏡。

「就是殺人案啊，妳沒聽說嗎？」

「喔～」

在「妹妹」兩字旁邊用平假名寫下「殺人案」。

「令妹和殺人案有關？」

「我認為她是犯人。」

瞥了後方一眼。老婆婆坐在櫃台前，抬頭看著右上方的電視。電視畫面正在重播與這般恐怖案完全無關的舊影集。正好播到主角吃烤肉時被討債人拿走所有錢財，而吃霸王餐的地方。

記得小時候也看過這部影集。到底重播了幾年啊？

「關於殺人案，能說明白點嗎？」

湯女用筆敲敲「殺人案」幾個字，「妹妹」和「殺人案」之間多了幾個黑點。

「妳真的沒聽說嗎？」

「我不住這裡，不看報紙，也幾乎不看電視。還是漫畫比較好，漢字旁都會標示讀音。」

所以有勞解說了——湯女催促。不是說出來會令人開心的事就是了。

「……雖然好像是失蹤，但應該是殺人。而且淨是我身邊的人死去。」

湯女盯著我，低吟著在「殺人案」下方追加補充說明。

「光我知道的就有七個人。很難相信這是偶然。」

小學時代的同學、教師、親戚……和我親近的人失去了蹤影。

失蹤者彼此看似毫無關係，但若以我為中心就能串連起來。

「說得也是。考慮動機的話，也很可能和妳有關。」

「會做這種事的只有妹妹或母親。但是母親對連續殺人案漠不關心。如此一來，最可疑的就是妹妹。妹妹從以前也曾做出有點危險的行為。」

「嗯……」

湯女在「妹妹」上方寫下「犯人？」。

「嗯嗯……」

彷彿要把臉遮住般，湯女舉起筆記本，與它大眼瞪小眼。上面應該沒有寫著新資訊。我啃了一口吐司，提出疑問。

「能作為參考嗎？」

「能啊。」

湯女從筆記本背後回答。

「人類主要透過視覺來獲得資訊。所以，化為有形的形式就是最近的捷徑喔。」

「是喔……」

「這是以前某個混帳教我的。」

突然用尖銳的語氣這麼說，令我有點驚訝。

「因為有用，所以更可恨。」

說到這裡，湯女陷入沉默。她是個很冷靜的人，至少我以為她不會率直到顯露出情感，所以這個反應令我感到意外。即使很驚訝，但我對她沒有興趣。回憶多半不堪回首，聽人訴說往事也無法豐富心靈。

總之，她有許多苦衷吧。苦衷——真是個好用的詞。

我吃完吐司並啜飲幾口水後，湯女把筆記本放回桌上。抱起雙臂，瞇起眼睛在思索著什麼，不停細碎地點頭。

「明白什麼了嗎？」

不帶任何期待，我開玩笑地問。

湯女喝了一口柳橙汁後，從糖罐裡拿出一顆方糖。

……她要加進果汁裡嗎？

「妳真是個硬梆梆的人呢。」

「啊？」

依舊用手指抓著方糖，湯女……如此評論我。

「完全沒有縫隙呢，真有趣。妳是那種不填滿就無法安心的類型吧？」

「我不懂妳想說什麼。」

「沒關係，我懂就好。」

湯女這麼說完，直接將方糖送入嘴裡。我就知道，畢竟加進柳橙汁很奇怪。單薄的臉頰蠢動著，時而突起。

「也能說，妳是那種只想到自己的人。」

「就說了……」

「這不是在貶低妳，所以不用在乎地過活吧。」

「我本來就不在乎。」

比起問個詳細，優先升起的是自然挺身向前的反抗心。

這種個性或許很吃虧。

「原來如此啊，原來原來。」

湯女故作神祕地盯著我的腦袋。真不舒服。

有人會對如此失禮的視線感到愉快嗎？

「名偵探小湯女已經大致上明白真相了。」

「咦～真的嗎～」

「不過我還得再去調查一些細節，呵呵哼～」

「別賣關子了，快點說。」

「現在不能公開。公開了會帶來麻煩。」

「是嗎……」

看來她什麼結論也沒有。

「就算等不及，也要等。」

她這麼說完，不知為何得意地揚起嘴角。

對方隨興亂說的發言風格讓我想起妹妹，或許也算是難得的收穫。

就這樣，不怎麼愉快的茶會結束。

這頓當然是由湯女埋單。

「為了獲得金錢，必須消費人生。沒有比這個更尊貴的交換了。」

湯女一邊結帳一邊叨唸。離開咖啡店後，她面向我。

「剛才那句話如何？」

「就算妳這麼問我……」

好像是引用了某人的話。「嗯~不夠帥氣嗎？」湯女搔頭說。

烏黑亮麗的長髮滑過手臂，流洩而下。

「這段時光很有意義。」

「是嗎？」

我只有填了點肚子，難以拭去彷彿鼻塞一樣不暢快的感覺。

「我現在明白『那個』來拜託我的原因了。」

湯女的譏諷式笑容和形容方式立刻令我聯想到父親。

「果然是他拜託妳來的嗎？」

排斥感變得像針一樣尖銳。我想立刻離開她身邊。

「嗯，對啊。因為『那個』去百貨公司地下美食街買了一堆神戶可樂餅送我。」

難以分辨是事實還是玩笑。

「『那個』意外地也是個辛苦的父親呢。不過，我同情妳，但也有點憐憫『那個』。」

湯女用袖子遮住嘴，只露出眼睛嘲笑我。她這麼說我很遺憾。我不否認父親很辛苦，但現在在添麻煩的是妹妹。

我表示抗議，但這名打扮奇特的女性輕描淡寫地說：

「下次會讓妳見到妹妹。」

留下絲毫無法保證什麼的預言，湯女向我道別後，轉身離去。

不合時宜的櫻花花瓣在她靠在肩上的傘面飛舞，沒有散落，不斷地飛舞。

「天曉得有沒有下次。」

既然她是父親派來的，我就更想逃跑。

我朝與湯女反方向的道路前進。雖然會繞遠路，但無所謂。空有其名的鬧區裡沒有人煙，人行道上像被包場似的空蕩蕩，完全看不到與我一樣的水手服身影。

結果，今天也找不到妹妹。

明明根本沒有行車，卻在斑馬線被擋了下來。佇立在無人的世界裡，無風無聲，沒有流動，一切事物被棄置在停滯之中。若屏住氣息，自己與周圍的輪廓會逐漸模糊，甚至迷失自我。靠呼吸和心臟的刺痛來確認自己存在。

呼應心跳的燈誌顏色改變，走向前後總算鬆了一口氣。

就這樣。

走過斑馬線後第三步左右。

咚！一記鈍重的感覺從後方壓迫腦袋。

我花了一點時間才發現自己遭人毆打。

「今天也是和姊姊大人一起回家。」

「妳在對誰說話？」

在一成不變的歸途上湊巧遇到姊姊大人，兩人一起走。

像是要配合逐漸傾斜的夕陽般，從略低位置處傳來聲音。

「那邊那兩位小妹妹。」

一位叔叔在超商的停車場叫住我們。

「是是！」

或許是我的音量很大，叔叔一臉詫異地睜大眼睛。「太大聲了！」姊姊大人也立刻責備我，同時拉住我的手。

我想她的意思應該是要我別理會可疑人物。

但我剛剛已經回應了，卻臨時不理人也怪怪的吧？我還是走向叔叔。

「喂！」

我韃韃韃地跑過去，慢了一拍，傳來姊姊大人的腳步聲。

在寬敞的停車場停下腳步，有點強的風吹起頭髮，纏繞在脖子上。

嗯嗯。

這位叔叔看起來很和善。也許是因為個子高，臉上帶有點陰影，雖然我不是很明白。

「我學了點魔術，能看我表演嗎？」

「魔術？」

叔叔點頭，緩緩招手。我愣愣地抬頭看他，他握起拳頭。

接著，張開手掌。

「鏘～」

「喔喔喔～和我一樣的手帕耶。」

一條藍色手帕出現在叔叔的手中。

「剛好湊一對呢。」

「不不不。」

叔叔搖搖手。

「我花了三個月才學會這招。」

唉，看來我實在沒啥慧根——叔叔搔搔脖子，把手帕還給我。

「啊，這是我的手帕？」

「妳也該發現吧……」

站在我身邊的姊姊大人梳起瀏海嘆氣，接著問：

「請問有事嗎？」

姊姊大人把我推向背後，挺身而出。面對凶巴巴的姊姊大人，叔叔露出尷尬的笑容。

「沒事，我只是想秀一下魔術。」

「……真的？」

姊姊大人完全不信。叔叔稍微開玩笑地問：

「當然是真的……我看起來像怪叔叔嗎？」

由於他試探性地問了，所以站在姊姊大人背後的我回答：

「怎麼看都很像！」

「嗯，答對了。」

「真了不起！」叔叔的手越過姊姊大人，摸摸我的頭。叔叔的手很大，像厚厚的雲朵一樣。

雖然大，卻有點薄。

「妳的理解很正確。」

「唔嘻嘻哎嘿嘿。」

被人稱讚心情非常好。特別是被不認識的叔叔或阿姨稱讚更好。

因為親朋好友本來就會稱讚我們。

「走了啦。」

姊姊大人抓著我的手離開。和昨天的情況類似，但今天她沒要求我閉嘴。快步離開叔叔的途中，我們說著「咚噗噗~」「閉嘴。」「是是。」的對話。

兩人彷彿喘氣般間隔短促的腳步聲時而整齊劃一，時而踉踉蹌蹌。

走到一半回頭時，和叔叔對上眼。他正緩緩地對我揮手，我也大大地揮手回敬。為了回應，叔叔更大幅度地揮手，卻好像拉到側腹，痛得按著該處蹲下來。

「喀哈哈。」

真奇怪又好笑的叔叔，有種親切感。

但這麼認為的人只有我，姊姊大人很不開心。

「下次見到剛才那傢伙也別理他。」

「為什麼？那個叔叔人很好啊。」

「那才不是什麼魔術，是扒手。」

姊姊大人眼神嚴厲地說。

「磨蹭？」（註：與「扒手」同音）

我把頭貼在姊姊大人身上磨蹭。「不是那個啦。」姊姊大人用肩膀把我的頭頂回去。

順便也放開手，放心地垂下肩膀。

「妳啊，這不是相不相信人的問題……而是常識的問題。」

「是喔……」

我思考了一會兒，但完全不明白。

「姊姊大人的話太難懂了……」

「嗯，也是，妳不懂吧，所以跟妳說了也只是白搭。」

姊姊大人不開心地皺起眉頭。她似乎最討厭我的愚蠢了。

不過其他部分應該很喜歡。

若是如此，就和我一樣。

姊妹倆成對成雙。

「辛苦妳了。」

「別說風涼話了。」

我被敲了頭。

「總之，下次見到他也別理會喔。」

「是是。」

姊姊大人轉過頭來，用手抓住我的左右臉頰用力擠。

「好痛～」

「讓妳記得這種疼痛，才能提醒妳。好，記得了嗎？」

「是是。」

「……看來還不夠。」

結果被狠狠地教訓到我老實回答為止了。

姊姊不相信世界。那股氣息不分季節，就是冬季。

但是，感覺和那個叔叔莫名有緣。

我的預感比姊姊的教誨更準確。

「妳在做什麼？」被人問起，我有點想起從前的事。

「看就知道了。」

像是在追逐球棒的破風聲般，茶色眼睛由左看向右。

「目標第四棒？」

「差一點。」

「四棒三壘手？」

「標準答案。」

夾緊腋下，以微幅動作揮棒。似乎是因為沒做準備運動，覺得肩膀怪怪的。

「對了，三壘手是什麼啦？」

「球常飛去的方向。」

「是喔～」

對方蹲著默默看我揮動球棒。

但看了三十秒左右似乎就膩了，問我說：

「阿姊，妳很閒嗎？」

「看就知道了。」

「這句話最近很流行嗎？」

「對我個人而言很流行。小小復古流行中。」

腦中浮現姊姊大人的容貌，全力揮擊。

球棒毫無感覺地穿過姊姊大人。

「妳似乎想起很好的回憶啦。」

在我的球棒打倒姊姊大人三次時，閒人看穿我的想法。

「妳怎麼知道的？」

「看就知道啦。」

被人回敬同一句話。「是嗎？」我捏捏臉頰。

「那可真傷腦筋呢。」

「為什麼？」

「我不想當個單純的人。」

我為了擺脫平凡，明明日夜鑽研，卻似乎完全沒效果。

「放心啦，因為阿姊妳很複雜。」

「嗯～還不太夠。」

「複雜奇特。」

「很好。」

我豎起大拇指，對方說：「噗哈哈哈，果然很單純……咳呵咳呵。」莫名地嗆到了。

從剛才開始和我聊天的人算是我的學妹，立場也可說是人生中的晚輩。沒有其他特點，所以我都稱呼她為女高中生，基本上對方也喊我阿姊。我們之間應該有更恰當的稱謂，但習慣後也不會在意了。

只要能夠認知彼此，名字或稱呼這樣就足夠了。

最重要的是彼此能相互認知。

「阿姊果然很閒啦。」

觀察的結果，女高中生似乎得出此一結論，用手指捂住臉頰竊笑，肩膀不停晃動。她以腦袋和頭髮總是輕飄飄的聞名，對話也富有彈性。

「剛剛很閒，現在不閒了。好，我們走吧。」

在家裡庭院做完揮棒練習後，我帶著女高中生來到外頭。

「我們漫無目的地逛這個小鎮吧。今天好像是不出門的日子。」

說完後，認真覺得這樣浪費時間很奢侈。這世上沒有比時間更寶貴的事物了。

敢這樣盡情虛擲時間的我可真是大膽啊。

但是為了將必須思考並痛下決定的事情稍微挪後，我需要這種藉口。

「不會出門？雖然不太明白阿姊在說什麼，可是今天是平日……要上學啦。」

她戳戳制服說。

「今天請假吧。」

「咦～算了，是可以啦。」

她有點開心。糟糕，這是變成壞孩子的前兆。

「不，妳還是去上學吧。」

「阿姊真善變啦。」

她似乎已經不想上學，笑著裝傻。女高中生的表情很豐富，怎麼看也不會膩。

姊姊大人總是一臉無趣，但也一樣看不膩。

「中午去吃越共拉麵吧。那家店很有名吧？」

我開心地提議。

「今天星期三，是公休日啦。」

「咕啊。」

又錯失機會了。究竟要等何時才能品嚐那傳說的滋味呢？

或許是雞毛蒜皮的小事，但我不由得感到在這種小地方也能發現命運的定數。無法相遇的事物即使花一輩子也遇不到，而我們無從得知此一命運。

「吃過嗎？」

「滿滿的大蒜。」

「好想大口咬碎喔。」

我齜牙裂嘴地嚇唬女高中生，「呀啊～」她也滑稽地逃開，又像繫著狗繩的狗一樣跑回來。讓我想起姑婆家的狗。

放棄拉麵，一路直走。沒有目的地，順著車流走就來到了鬧區。這個不熱鬧的鬧區離山區相對比較近，從大樓縫隙之中隱約可見雄偉的大自然。以前有街友盤踞在休息所的水邊，不知不覺間都移居到車站周邊了。

是時間帶的問題，也因為商店街太過老舊，人潮不多。

所以每次和別人擦身而過或見到遠處有人影時，我會仔細確認。

「阿姊的眼睛為何那麼炯炯有神？」

「是發現了什麼嗎？」女高中生一起東張西望，她的眼睛像彈珠一樣閃亮。

「我在找壞人。」

其實已經找到了。

「看就知道了嗎？」

「如果早就認識的話。」

「咦？壞人是熟人嗎？」

女高中生將身體向後仰表示吃驚，接著緊張地問：

「找到壞人的話，阿姊打算怎麼做啦？」

「敲死他。」

我理所當然地撫摸隨身攜帶的金屬球棒。女高中生瑟瑟發抖。

「我記得阿姊不是個會開玩笑的人。」

「因為我的腦袋不太靈光。」

我自知自己說不出有趣的話，所以很少開玩笑。

「我也有一場必須了結的靈魂對決等著我。」

光是想像那一瞬間，拳頭和眉間就使勁鎖緊。

「阿姊的靈魂……」

女高中生的目光游移。

「顏色似乎會很驚人。」

「別那麼誇我啦。」

「或者是透明的，看不出形狀也說不定。」

「…………………………………………」

她應該不明白事情真相，也不是故意這麼說的。

但是，說我的靈魂是透明的也許意外地精準。

我的靈魂型態由姊姊大人定義。所以，既然姊姊大人說看不見我，那想必是透明的。

反過來也是。

姊姊的靈魂善惡應該由我來闡明。

姊姊是壞人嗎？

是應該突然被某人毆打，也無可奈何的壞人嗎？

光是這麼想，怒火就令我作嘔。

自幾歲以後我就沒躺在地上過了？

我仰望著以奇妙角度穿越馬路的汽車，思考這件事。

妹妹老是奔放不羈地又跑又滾……跟她一起玩讓我覺得很丟臉。不過，我們沒在一起的時光比較稀少。在互信互愛的意義上，彼此是最佳玩伴。妹妹愚蠢，我聰明，正因為兩人很明白這點，才能互相信賴吧。

我朦朧地想起這件事。

話說回來，我可以這麼悠哉地思考這些事嗎？

頭腦沉重，彷彿一部分碎裂了一般不穩定。後腦勺被用力襲擊是種案件，而且這危險不會只發生一次。絕不能等閒視之。

但意識流出擴散，難以凝聚，無法恢復明確而穩固的型態。有人說過，面對危機無法拚命掙扎的生物必將遭到淘汰，所以我會消失嗎？

消失的話，就能看到妹妹嗎？

……死不了啊。我感到不可思議，慢慢抬起身。從趴著的姿勢翻過身時，路旁水窪濺起少許液體，濺到臉上。儘管把噴濺上來，傾斜地分割額頭的那道液體擦掉，手指上也沒有沾到任何東西。我的觸覺正常嗎？眼睛看穿了真實嗎？連幻覺與真實的界線也無法掌控。

唯一知道的是頭非常痛。

湯女沿著人行道邊緣從遠處跑過來。她壓低身子跑來我這裡，把傘放在一旁的湯女蹲下，扶我起身。

「好像完全沒有大礙呢。」

「別擅自決定，請問一下好嗎……」

我明明依然意識朦朧，靈魂隨時都會出竅。

如果這是騙你的就好了。

「不過啊，我覺得妳別立刻站起來比較好喔。」

她用雙腳支撐著我的背，窺探我的表情。

我被浴衣包裹住，也許因為是深紫色的，有聞到神祕香氣的幻覺。

「鼻子很紅，但只是倒下時撞到的吧？」

「或許是。」

怕鼻子撞塌了，我伸手捏捏。倒地時或許造成擦傷了，一碰就有刺痛感。

「呵呵呵。」湯女對人行道笑了。

「怎麼了？」

「沒什麼，總之，算是避開一場危難了。」

是嗎？我望向那裡，也只見到空曠的人行道。

只剩頭痛欲裂，頭昏眼花的我。

「這是怎麼回事……」

「妳在這種奇妙的部分和令尊很像呢。」

「咦？」

「令尊也經常被人打得全身是傷。」

湯女懷念地閉上眼，露出微笑。而那些記憶讓人笑不出來。

「我聽說父親的右手無法動彈是多次受傷的結果。」

「嗯，沒錯，誰教他用骨折的手亂來。」

「是喔……」

「我也有踢過幾十下。」

唔呵呵。湯女爽朗得像翻過青春的一頁……算了，父親好就好。

好像聽到有人說：「一點也不好。」的幻聽。

言歸正傳。

以父親的性格來想，應該是為了母親才會不斷亂來。或者，也許是為了守護身邊的人。父親似乎認為重視這些才算得上是活著。

雖然父親對優先順序很固執，但價值觀很正常。

所以才會深受傷害或失敗吧。

我不想變成他那樣。

「妳的雙眼無神，沒事吧？」

聽到湯女的話，回過神來。喔，難怪前方什麼也看不到。

目光聚焦，湯女又遮去了我的視野。抬頭一看，她的面容有點回到少女的殘影。

不管是細瘦的身材還是文弱的氣質，有停止成長的印象。

但一直觀察她也沒什麼意思。

「……那個笨蛋已經逃走了？」

「笨蛋？」

「我妹。」

我不曾看到揍我的犯人。至少在我眼裡是如此。

既然如此，那還用說。是妹妹想殺了我。

不對，我不確定她是否有殺意，但肯定是帶著明確的意志揍倒我的。用她愛用的鐵鎚。就像用鐵鎚痛打聖誕老人的小腿一般，說不定是想到什麼無聊的主意，而敲敲看我的腦袋。那傢伙很有可能這麼做。

「被攻擊的是頭，勸妳還是去看個醫生吧。」

我從地上爬起身，湯女建議我。或許是這樣沒錯。

但我覺得就這麼死了也無妨，所以決定回家。

眼睛比雙腳顫得更厲害。宛如受到衝擊而陷入混亂，找不到家的狗兒一般，我也找不到自己的歸宿。每踏上地面一步，後腦勺就發熱。或許流血了。

離上次受傷流血有多久了？

離最後一次落淚又有多久？

我一邊回想著一邊邁出步伐，心中仍無法憎恨妹妹，只對她的行為感到心寒。

一點也沒有成長。

和以前一樣，什麼也沒改變。

「畫好了。」

「不是寫好了？」

我用雙手攤開筆記本給姊姊大人看。

「這是姊姊大人。」

「這不是魚嗎？」

「不，是這裡。」我指著某處。

「妳看，這裡有釣到魚的姊姊大人。」

「好小。」

筆記本中的「姊姊大人」很渺小，用我的指甲也能輕鬆壓扁。不，應該說戳死？

「看不出來哪裡像我。」

「其實是因為這條魚超級巨大。」

「妳是嫌畫我很麻煩吧。」

「喔~不愧是姊姊大人。」

被看穿了。

「我才沒釣過魚呢。」姊姊大人又躺下來，接著說：

「別玩了，快點寫功課。」

「是是。」

姊姊大人早就寫完了，現在無所事事，今天好像也沒有要看的書。

「姊姊大人好聰明。」

「比妳聰明啦。」

「嗯嗯。」

姊姊大人就是如此優秀。一旦她的自尊被打破一項，就會使她崩潰。

我有這種預感。

也許是太無聊了，姊姊大人開始在自己的筆記本上畫起東西。

喔喔~我裝成沒看到，等著她完成。

過了一會兒，我悄～悄爬下椅子，躡手躡腳地接近，悄然無聲地試著窺探。

「啊！」

姊姊大人發現我後，急忙縮起身體將筆記本蓋住。

但我已經看得一清二楚了。

一清二楚，呃……剛剛的圖是什麼？我稍微想了一下。

線條歪七扭八，畫得很糟。別人的話，肯定看不出那是魚兒吧。

被我偷看到的姊姊生氣地吊起眼角，耳根微微泛紅。

「這幅圖滿有味道呢，不愧是烤魚。」

「沒被烤啦。」

姊姊大人把筆記本放回書架上，逃進被窩裡。

「真是好險，差點變成和妳一樣的笨蛋。」

「歡迎妳！」

「妳別靠過來。」

姊姊大人命令我回去寫功課。我再度和失去主人，變得很寂寞的椅子合體。

漂亮地轉了兩圈後，再次提起鉛筆。

有姊姊大人在，我能當個恰到好處的笨蛋，非常輕鬆。

過一段時間後，姊姊大人低聲嘟囔：

「我絕不想變成笨蛋。」

「說得也是。」

比我更笨的姊姊大人不可能存在。至少姊姊大人自己絕對不會承認。

萬一變成如此，我們恐怕會失去彼此。

我和姊姊大人唯一能面對的只有彼此。

因此，我們絕不能失去彼此。

「不能挑食喔。」

「嗯。」

「以人為對象也一樣。」

「說得也是～」

「所以別挑對象，全都揍好揍滿吧。」

「阿姊，快回神啊。」

女高中生一手拿著冰淇淋，黏到我身上。會沾到衣服啦，給我住手。

嘖嘖嘖——我豎起食指左右搖動。

「剛剛那句話有一半是開玩笑的。」

「分不出來啊……」

「會挑對象很正常啊，畢竟是人類。」

「咦？不是揍人那段嗎？」

要出手毆打喜歡的對象，還是會猶豫吧。雖然還是會出手。

要出手毆打討厭的對象，揮擊力道會不同吧。雖然最後還是會毆打。

「思念就是力量。」

「黑暗的力量啦。」

如果是紅豆餡力量（註：和黑暗力量同音），味道應該很濃郁。光是想像就滿嘴紅豆味。

「偷瞄偷瞄！」

「這麼明顯地偷瞄我想幹嘛？」

女高中生略顯害羞地傾身望著我。

「阿姊也有感覺到我的思念力量嗎？」

「嗯？嗯……超有感覺的喔。」

「咻～」

沒有吹成的口哨變成吹氣聲。

「偶爾想勒妳脖子的程度。」

「那是黑暗力量吧！」

「那麼，接下來要去哪裡呢？」

我們在鬧區裡外觀很新，在一片灰色的建築中相對顯眼的冰淇淋店休息。兩人在朝向外頭的櫃台座位坐下，隔著玻璃窗欣賞行人稀少的道路。配合季節變得光禿禿的行道樹為寂寞增添一抹樂趣。

「癱軟～」

我趴在桌上，貼著的臉頰感到沁心冰涼，很舒服。店內有點熱。

「阿姊融化了。」

「嗯～因為最近太和平，難免有點鬆懈。」

「用阿姊的標準來看算和平嗎？」

「任誰來看都很和平啦。還在平日白天悠哉地吃冰淇淋。」

在女高中生手上吃了一半的冰淇淋上，也許能見到日常平穩的風景。

「也是啦。」

「太和平了，沒半個壞人。真不像話。」

「要找壞人也很辛苦啦。」

「真的。」

我做了很多全力毆打人的練習。接下來只剩實踐。

等女高中生吃完薄荷冰淇淋後，我們離開店內。一來到外頭，空氣瞬間變冷。彷彿整座小鎮被關進了冷氣輸送管裡。在這之中，就算有目的，在這種冷死人的外頭徒勞無功地亂逛就覺得累人。開始看到紅綠燈時，我伸出手來。

「我有點愛睏了，拉我去妳家裡。」

被我央求，女高中生瞥了一眼後裝作沒聽到，轉頭向前。

若是姊姊大人，雖然會罵我笨蛋，但還是牽著我走吧。

「…………………………………」

現在彷彿活在姊姊大人不存在的世界裡。

有時過於平行的線，甚至令我懷疑起是否真的變成如此了。

明明生活圈重疊在一起，每天都能看見她。

兩人之間卻找不到半個銜接點。

「唔唔唔……」

「阿姊？」

「嗯～……沒事，我想，學生果然還是得去上學呢。」

偏離正途並不帥氣，也無法尋找到可能性。

只會帶來危險。

「咦～怎麼現在才在說這件事啊……」

女高中生一臉傷腦筋地搔搔頭，接著愉快地笑了。

「哎喲，有什麼關係。什麼事也沒發生，跟阿姊一起亂逛也很愉快啦。」

「真的嗎？」

「阿姊的言行很瘋狂，也很刺激啊。」

「……我這樣已經算克制了喔。」

在妳面前尤其如此。畢竟對妳而言，我是姊姊輩的人物。

離開姊姊大人，我就必須注重立場這種事。要考慮的事也增加很多。像這樣建構起多樣化思考與人際關係的我，變得和過去截然不同。

圍繞著我的一切，將許多重要的事物推往過去。

一旦我放開手，我的堅持立刻會化為「曾經」，被歸結為過去式。

這是為了活下去的必然，也是一種歷程。

現在在我身旁的不是姊姊大人，而是這名完全不同的女高中生就是其證明。

必須接受的事項排成長龍。

我得在成群結隊的過去蜂擁而來，把現下的激昂沖走之前……

「好，明天吧。就決定是明天了。」

擇期不如撞日，我下定決心地宣言。

「明天要做什麼？」無視於悠閒地問我的女高中生，我扛著球棒。

繼續看著她的臉會讓我的決心軟化，所以我只面向前方前進。

朝向我的人生終點，鄭重踏出步伐。

「這不是妳妹幹的。」

「唔哇。」

姑姑毫不留情地戳了一下馬上腫起來的腫包，感覺連裡頭的腦也被壓進去了。

回家後，我請似乎很閒的姑姑照顧狗，順便請她確認傷處。除了腫包以外，好像還有一些類似繞口令的撕裂傷。姑姑幫我噴上消毒液時，我伸長的雙腳忍不住不停上下甩動，圍繞著我們倆的狗兒也配合腳的動作跳躍。

姑姑更用布巾粗魯地替我擦臉。即使弄痛撞上地面的鼻頭也毫不留情。

「攻擊位置太高了，這完全不是我的教誨。」

妳教了妹妹什麼啊？

「從傷口看來，這不是直劈，而是橫砍。這樣很容易被躲過。」

「……這麼說也是。」

記憶中的妹妹視線高度和我差不多。不可能只有妹妹突然長高吧？沒有妹妹會超越姊姊的身高，應該。

但是，這麼說來，是誰打了我？除了妹妹以外，我不知道還有其他透明人。

我低調度日，不記得自己有招人怨恨。然而，我也不敢說不可能。畢竟我的出身與家庭環境足以引來惡意。

所謂的出身，意外地紮根於人的深處。

就算想連根拔起，也會有難以忍耐的劇痛竄過全身。

「那麼，我是被誰打了？」

「天曉得。雖然腫了起來，但傷口本身不深，用不著縫合，應該沒事了。」

「這樣啊。」

姑姑的傷口鑑定很值得信賴。因為她的興趣是解剖動物，對生物身體結構很熟悉。

搞不好也曾經解剖過人類呢。

「或許是因為妳彎腰駝背地走路，才幸運地沒受重傷。」

「耶～」

敬自己的無精打采。

「只學到妳爸媽無關緊要的地方。」

呵呵呵。姑姑拿我們相比較，覺得有趣地笑了。姑姑的口吻向來很有攻擊性。的確，印象中我也沒看過自己的父母挺直背脊地走路。

「……………………」

姑姑也算妹妹吧？父親的妹妹。雖然他們兄妹倆一點也不像。

「姑姑喜歡爸爸嗎？」

腦袋從旁邊被敲了一記。「唔喔喔喔！」震到傷口，我痛得滿地打滾。

「別突然問這種問題。」

「對不起。」

我也不太懂為何會被迫道歉。

「阿兄只是隻工蟻。僅止如此。」

「是喔。」

阿兄是指父親嗎？這個稱呼好怪，但說出口的話又會被敲頭，所以我閉上嘴。我變得更聰明了。

俐落地替我纏好繃帶後，姑姑馬上離開了房間。我還以為狗兒們會跟著離開，牠們卻仍留在原地休息。有四五隻，彼此不會吵架，感情融洽，或許是姑姑教得好。我和妹妹也沒吵過架，或許是父母教得好吧。

「嘿嘿嘿。」

我皮笑肉不笑地笑著。就當作不是騙你的吧。

雙手撐在地上，望向窗外發呆。

假如毆打我的人不是妹妹，那會令我很生氣。但我想不到是誰，怒氣無從發洩，漸漸愈想愈心煩。是那個連續殺人案的真犯人嗎？這起案子看似妹妹所為，說不定另有犯人。既然這件事和妹妹無關，繼續追查案件也沒意義。

就算說失蹤者是熟人，到頭來也是外人。

那麼，外人和自己人的差別在哪裡？即使因人而異，在我心裡又是怎麼想的呢？我從血緣之中無法找出任何價值。血就是血，是維繫生命的流動。那麼，差別是什麼？會感覺到差別，就是兩者之間決定性的差異嗎？就是隔閡嗎？

感覺到隔閡的人，以及不會感覺到隔閡的人。

對我而言，合乎後者條件的只有妹妹。

……妹妹現在在哪裡？

彷彿在不透明的牢籠裡，所有認知都被侷限了。

我自暴自棄地當場躺下，「啊嗚哇~啊嗚啊嗚啊嗚！」隨意翻身時壓到腫包，痛到牙齒打顫並跳起身。現在比被打的當下更痛。

視野變得模糊，因此我伸手擦拭，發現眼角泛著淚水。

我緩慢慎重地側躺下來。在疼痛平息前，只將精神集中在呼吸聲上。

「全都是那傢伙害的。」

都是妹妹不好，誰教她讓人看不見。不對，看不見的是我吧。那麼，是我不好？

不可能。繃帶的觸感否定了這個答案。

躺下後，幾隻狗狗不知為何也來到我身邊，也許是把我當成同類了，和我一起蜷起身子。被狗騷味埋沒，鼻子難受地抖動。

不同於姑姑，狗狗很親近人。牠們把姑姑視為母親景仰、服從。或許是狗兒們本能地看出藏在姑姑內心的溫柔。姑姑會說是為了當儲備糧食而養狗，也許是她無法老實說自己喜歡狗兒，所以飼養牠們的藉口。我不知道她的真正想法。不過，那個姑姑怎麼樣也不可能坦率吧。在現在這個世界裡，坦率是兒童的專利，大人們背負著坦率會受傷。

因為不扭曲，所以維持著尖銳，讓彼此感到痛楚。

「…………………………………………………………」

對我而言，正直的象徵？

浮現腦海的，果然是妹妹。

稍微看著狗尾巴在我面前搖晃，不知不覺間，眼皮向下闔起。

被超越溫暖的溫熱空氣包圍著，意識逐漸滲入地板。

「唉……」

好想變成狗。

第三章「Remenber」

我曾問過很多人。

「你幸福嗎？」

有著一對胸部如蛋糕般豐滿柔軟的女性用沙啞聲音說：「還算幸福吧。」

已成年的少年少女含糊地笑著說：「或許吧。」

沒在工作的醫生躺在床上，用手撐著腮幫子，手摳著腳底板說：「幸福～」

依舊勤奮不懈的刑警則不假思索地回答：「毫無懷疑餘地。」

「吼～～」妹妹咬了我。

沒啥名氣的鋼琴家明明沒被問到，卻擅自跑來回答：「一點也不。」

意外地，我熟識的人們人生似乎滿順遂的。

我認為這是一件非常棒的事。

真的。

最後，我問離我最近的她：
「妳幸福嗎？」
她撲了過來，令我痛切地感受到她。

以前，我曾用椅子毆打別人的頭。對方是我的小學同學。

不知他是從何處聽到的，我猜八成是從他父母那邊聽來的，並被叮嚀別靠近我吧。他並不是被叮嚀說「別靠近那孩子。」就會乖乖照辦的小學生。一知道我的出身，那名同學立刻來嘲笑我。赤裸裸地，毫不客氣地提起我父母的過往來挑釁我。

當然，我不會為了這點小事就暴跳如雷。我早就明白這種事總有一天會發生，做過許多充耳不聞的練習。我無視他並繼續看書。但不只那個同學固執糾纏，其他人也跟著加入戰局，等到連妹妹也被當成辱罵對象時，我再也無法維持理性。

要嘲笑我的父母可以。雖然聽著令人很不舒服，但他們確實過著這種生活。即使他們的人生悲喜交織，或許還淨是悲慘之事，但他們肯定是那樣活過來的。即使是父母與孩子，各自都有自己的人生。

別人要怎麼判斷或評論，那是別人的自由。

但妹妹不一樣。

妹妹就是我，我也等於妹妹。

儘管兩人的性格腦袋及品行都是天壤之別，但我們確實有共享的事物。

因此——

『難怪妳妹腦袋有問題。』

被人如此隨意羞辱，我無法沉默下去。

妹妹的確很笨，但絕不是瘋子。

而我也不是。

我站起身，滿腔怒火地回頭，恰好見到一張沒人坐的椅子，忍不住抓住椅背就朝對方揮去。現在想來，真虧小學生的小手抓得起來。多半是血氣衝腦，刺激了腦中未知領域，發揮出力量吧。我清楚感受到血液驅策著身體。

被椅子橫掃倒地的同學太陽穴割傷，鮮紅液體滲出。就算能將椅子揮去，也沒有多大破壞力，所以那個同學並沒有受重傷。但教室裡像被洪水沖刷一般，引起大騷動。周遭根本沒受傷的女生發出尖叫，退到牆邊瞪著我。我稍微猶豫了一下，接下來要不要連這些傢伙也一起打倒。

有人去找班導來，被毆打的同學哭著被帶去保健室，我則是被帶去教職員辦公室。班導聯絡我的父母，要我在辦公室裡等著，我哇地哭了，恨不得從窗戶逃到操場。在父母來前，班導臉色凝重地責備我：

『是個男子漢的話，就用拳頭解決。』

我是女生啦。

接獲通知，趕來學校的是父親。似乎是從工作地點趕來的。聽老師說明了狀況後，他低頭道歉。父親和我不同，毫不排斥向人低頭道歉。

這代表他比我成熟吧。

『嗯，別緊張別緊張。』老師的態度意外地有點曖昧。不久後，對方家長也和被我毆打的同學一起過來。他的太陽穴上多了ＯＫ繃，眼眶含淚地瞪著我。

我得對這種傢伙道歉嗎？太聰明有時反而很吃虧。

『這次發生這麼丟臉的事，真是抱歉。』

先道歉的是對方家長。父親也相當訝異。

『聽說是這孩子先挑釁令嬡……還說了十分難聽的話……』

似乎真的覺得很可恥，家長掩面嘆氣。

被我毆打的同學對自己父母低聲下氣的態度好像很不滿，氣鼓鼓地嘟著嘴巴。

『對不起喔。』

對方家長曲膝彎腰，配合我的視線高度道歉。比班導更像個老師。

『……………………』

姑且不論躲在家長背後的討人厭同學，要我坦誠地對這個人道歉是無妨。

『對不起，我也不該動手打人。』

『是啊，不應該使用暴力。但妳生氣的理由很正當。』

我用眼神問：是嗎？

『妳是為了妹妹生氣的吧？』

被一語道破，我倒抽一口氣，急忙否定。

『哪有，我才不是……』

在說出口前，父親把手放在我頭上，半張開的嘴緊閉起。

意思是要我別說出口吧。

同學也接受了我的道歉。這次的戰鬥……不，和解圓滿結束了。

縱使今後我也不可能和被我毆打的同學交朋友。

『妳用椅子打人嗎？』

離開教職員辦公室，走在遊廊上時父親這麼對我說。我擔心會被責罵，肩膀僵硬得要和後背書包的肩帶黏在一起。

『真讓人懷念呢……』

『咦？』

父親只看著遊廊上的窗戶玻璃，半瞇著眼。

就這樣，我和父親一起回到公寓家中。一路上父親都沒說話，努力地看著前方，但在途中等紅綠燈而停下來時，傷腦筋似的閉眼搔頭。

『抱歉。』

在抵達公寓入口時，父親對我道歉。

從剛才就一直被人道歉。

當時的我並不明白父親為何要道歉，我只覺得沒被罵很幸運，鬆了一口氣。父親個性沉穩，但一旦惹怒這種人會很可怕。

話說回來，他不回去上班嗎？……算了，也好。

『對了。』看著父親往前走的背影後，我回過頭。

『真難得，妳今天居然這麼安靜。』

跟在我背後的妹妹露出天真無邪的笑容。

剛才妹妹沒有回家，一直留在教職員辦公室外等我們。

『我不想打擾你們父女間的和樂融融嘛～』

什麼父女。

『妳自己也是爸爸的女兒吧？』

『是是。』

我拎著妹妹的脖子，把她帶回家。

也許是用椅子揍人發洩過了，心情感到很輕鬆。

發生過這段往事。

早上要出門前，姑姑又幫我重新包紮傷口。因為在教室裡很醒目，其實我不想包紮，但姑姑不由分說就開始重新包紮，所以我也隨她去了。我討厭被當成在裝中二病，被人以為我是跟別人打架也很麻煩。算了，就裝作不知道吧。

只要對別人視若無睹，一切終究會變得無所謂。

畢竟地球上絕大部分的他人我們都不會見到，只要將看不順眼的事物當成其中之一就好。

姑婆經過房間時探頭望進來，看到我頭上的繃帶後皺起眉。

「別弄得像你爸一樣全身是傷。」

姑婆叨唸了這句話就回去打掃。看來年輕時代的父親被身邊所有人認為是傷兵。名聲真差。

是說最近都沒和父親碰面了。在路上也沒偶遇過。真和平。

母親今天也安心睡著嗎？

「……………………」

我們以為母親是睡美人。她總是在睡覺，也算美麗。但是，想在童話故事書外當個公主好像非常困難，父親卻滿心歡喜地背負起這個艱困任務。根本只是個被虐狂。

重新包紮完成後，我出門上學。外頭天色陰暗，聽說午後會下雷陣雨，所以帶了一把折疊傘。希望妹妹也不會忘了帶傘，但我沒辦法像以前那樣提醒她。

走在上學路上，茫然地想像自己或許又會遭到襲擊。不過，我平安無事地穿過正門，在鞋櫃更換室內拖鞋。今天似乎有點早到，其他鞋櫃大多還沒更換鞋子。

話說回來，雖然為時已晚，不討論犯人是誰，我為何會成為襲擊目標？

那個透明毆人魔是隨機挑選下手對象嗎？還是衝著我個人而來？假如襲擊是針對我，多半與殺人事件有關吧。不只是我周遭的人們，說不定我終究成了目標。這樣的話，假如當時湯女不在附近的話，我恐怕早已喪命。

我有點煩惱下次見到她時，是否要道個謝。

「嗨～」

有人對我搭話，我抬起頭……似乎是同年級的女同學。她是誰啊？

「妳怎麼了？」

她指著頭部說。我不清楚對方是誰，摸摸繃帶回答：「妳說這個啊。」

「頭突然腫了起來。就快炸掉了。」

「嗯？」

女同學稍微歪了頭，隨即想通似的苦笑。

「啊，抱歉，我認錯人了。妳是姊姊。」

從她的說法聽來，似乎是妹妹的朋友。不過，會把我和妹妹搞混很少見。

雖然我們學年相同，穿的制服應該也是同款式，但不至於搞錯吧。

「我和她不像吧。」

「是嗎？我覺得滿像的。不過妳感覺成熟穩重得多了。」

「是喔。」

「不過，因為我有近視，沒看清楚啦。」

我就知道。既然不是我的朋友，也沒有必要再和她閒扯。我換好室內鞋後快步前往教室。但途中突然想起一件事，回頭問：

「妳是我妹的朋友對吧？」

不知其名的妹妹朋友一邊拿出室內鞋，一邊點頭。

「算吧。」

「見到我妹的話，請幫我轉告她別太胡來。」

妹妹的朋友起初不可思議地睜大雙眼。也是，任何人都會疑惑我為何不直接告訴妹妹，然而我就是辦不到才拜託她。

「我明白了。」

雖然不太懂是怎麼回事，但只要點頭就對了吧——我感受到這種氣息。

我也不想多解釋，和她道別後走上樓梯。

和平常一樣，今天我在學校也靜靜地上課。進教室時，感覺有幾個人看著我的頭部，但我低頭不管他們，也沒人硬是過來逼問。真和平的一天。

放學後，我在出教室前趴在窗戶上確認正門。沒見到浴衣女子的身影，放心地離開教室。假如她今天也在校門口埋伏，我實在不想直接和她碰上。

走出校舍，實際來到大門口時我也確認四周，確定沒有那名身穿紫衣的花俏女人……我快步離開學校，沒到處亂逛，直接回家。回到家時我才發現，今天到目前為止還沒被毆打。也許昨天只是被人心血來潮襲擊了。

心血來潮啊。

向在後院和名為「味噌醃菜」的褐色小狗玩的姑姑打聲招呼後，回到房間。一邊爬樓梯又一邊想著：真是和平啊。什麼事也沒發生，什麼也沒有。

和平與沒任何事是同等的嗎？

兩者之間的界線很模糊。

父親、母親、妹妹、寥寥可數的熟人。

我身邊失去了許多事物。

下一個就輪到我了吧。

「……或許那也不錯。」

從手肘、手臂到頭頂，從肩膀到身體，我有時會覺得全身上下都很沉重，難以伸展。

那種時候我總是會想：好想突然消失，變得輕鬆一點。

但不管我多麼期盼，人不可能憑空消失，只能繼續過著喘不過氣的日子。

「唉……」

一星期後，事情發生了。

黑壓壓的天空上密布著烏雲。我仰頭望著讓人聯想到鞋底的凹凸雲層，繼續向前走。今天在回家路上沒見到姊姊大人，所以一個人回家。

「嘟嘟嚕～」

自己一個人的話，說話也很無趣，果然沒有姊姊大人就不行啊。

這時，一道比烏雲更有壓迫性的巨大影子罩住我。我扭曲帽沿後抬起頭。

是幾天前表演扒手魔術的怪叔叔。

在逆光中，他的嘴巴與鼻子柔和地蠕動。

「午安。」

「嗨～」

和上次一樣在超商停車場碰見了。他的手腕上掛著購物袋。

「今天沒和姊姊大人一起回家嗎？」

「今天啊，我家姊姊大人……」

……等等。

「你怎麼知道她是姊姊大人？」

我的名偵探腦犀利地發現矛盾。我記得自己不曾在這個叔叔面前稱呼姊姊為「姊姊大人」。

叔叔驚呼一聲，感到有點有趣地笑著回答：

「因為妳們兩個長得很像，所以我覺得應該是姊妹。」

「咦～騙人～」

我和姊姊大人可是以長得不像聞名。

「騙子逃不過我的法眼。」

「喔喔～」

事實沉睡在謊話的反面。這個叔叔很了解姊姊大人和我。

換句話說，他叫住我們並不是偶然。

「這樣下去會變成可疑的叔叔喔。」

「可疑不行嗎？」

「嗯～也不錯吧。還差一點。」

我瞥了一眼購物袋。

「……要吃點心嗎？」

「變成好叔叔了！」

我輕易就被點心收買，有說有笑地跟著叔叔走。

兩人來到超商後頭牆邊的陰影處蹲下，一陣和煦的風吹來，吹動耳殼。

彷彿輕觸皮膚後離去的羽毛。

「挑妳喜歡的吧。」

叔叔拉開購物袋，裡頭的零食看得我暈頭轉向。

「那我要這個。」

我選擇杯裝冰淇淋，叔叔則拿出甜麵包，拆開包裝。

兩人肩並肩吃了起來。雖然我是快速吃著。濃郁的香草口味。

「用不著吃得那麼急，冰淇淋不會馬上融化。」

「不～不不……不吃快點會被姊姊大人發現。」

「被她發現會被罵嗎？」

「大概會被罵到冰淇淋融化。」

應該會生氣三小時以上，接著連罵我笨蛋一百次。

「姊姊大人會覺得不敢置信，我竟然拿陌生叔叔的東西。」

姊姊大人超激憤。

「她的見解很正確。」

「見解？」

叔叔輕嘆了一口氣，垂下肩膀。

「雖然由我來講很沒說服力，不過被陌生人叫住的話，最好拔腿就跑喔。」

嚼著甜麵包的叔叔對我說出忠告。他瞇起眼睛說：

「雖然我是個怪叔叔，還是很擔心妳。」

「現在是可疑叔叔。」

「啊，抱歉。」

坦率地道歉了。看來是個有禮貌的可疑叔叔。

這麼說來，姊姊大人似乎從來不曾對我道歉呢。

「可疑叔叔，我有件事想問你。」

「什麼事？」

「你為什麼要叫住我和姊姊大人？我有點好奇。」

不解決這個疑問就無法對他視若無睹。

因為他可能會危害姊姊大人。

「你的目標是姊姊大人嗎？」

他一開始就問了姊姊大人的去向，所以我很輕易地如此推測。

叔叔嚼著麵包，正面望著我說：

「假如是的話，妳打算如何？」

「那我只好打倒你了。」

我舉起塑膠湯匙，表現出對抗的意志。

發現我的意圖，可疑叔叔像壞蛋一般俯視我，無畏地呵呵冷笑。

「妳能幹什麼？」

「我什麼都敢做。」

將固態的冰淇淋放在舌頭上，捲進口中。驟然的溫度變化使臉頰緊縮。直接吞下還沒完全融化的冰淇淋，尖銳地冷卻喉嚨到胃部的通道，令我痛苦掙扎。想要帥卻失敗了，所以我靜靜等著冰凍的感覺消逝。

等待，忍耐，我看著叔叔。

我奮力握緊的拳頭比叔叔的手指還虛弱，從同樣蹲著的膝蓋粗細就知道我根本無法與他對抗。叔叔不管用什麼方式，都能輕易捏碎我這種弱雞。

「我當然打不贏你，必然會輸，會一敗塗地，可是呢……啊，冰淇淋杯子可以丟袋子裡嗎？」

「可以啊。」

我把冰淇淋杯子放進袋子裡後，對叔叔說：

「人生啊，過程最重要了。」

不用心堆疊，就無法用積木建立起城堡。偶然永遠不會創造出理想。

因此，順序和事物的擺放方式很重要。

在正確地堆疊之後，自然會顯出結果。仔細地擘畫之後，就會有答案。

「這是阿姨或姑姑的親戚說的。」

「嗯。」

因此，為了守護姊姊大人，我要戰鬥。

既然明白了結果，就只能講求過程。

叔叔把最後一塊甜麵包放進嘴裡，用力咀嚼吞下後望向我。

「妳喜歡姊姊嗎？」

「是是，超喜歡。」

叔叔沉思著什麼般閉上眼。雖然沒吃冰淇淋，他似乎也被沁心的冰涼滲入身體裡。而我也用舌尖刮取殘留在臼齒縫隙中的冰淇淋，享受甜味。

「她恐怕是妳這世上最需珍重的對象之一。」

「是啊～」

我的世界非常狹隘，和我的母親一樣，非常狹隘。

在這當中，只有一個要素龐大得足以扛起世界的一半。

這叔叔很聰明嘛。

「小妹妹，要好好珍惜妳的姊姊喔。」

「是是。」

「……小妹妹，不管遭遇多大的痛苦，都不能輕言認輸喔。」

「可是我沒有黃金寶珠。」（註：出自電玩《勇者鬥惡龍V》）

「妳怎麼會知道這個哏……」

「啊，姊姊大人來了。」

我抬起臉，看向學校的方向。直線距離不算遠，只隔了兩塊田地。

叔叔也眯起眼睛，跟著一起望向該處。

「沒看到半個人啊。」

「我能感覺到。」

「是喔。」

叔叔把塑膠袋裡剩下的紅豆麵包送給我。

「和姊姊分著吃吧。」

「是是。」

「那麼，後會有期了。」

也許是想避免和姊姊大人碰面，叔叔匆忙離開了。比起叔叔，姊姊大人應該會對我感到更生氣，所以叔叔先離開也算是幫了我一個大忙。我也揹起後背書包後，走出陰影處。在有日光照射的停車場伸懶腰，等著姊姊大人來。

結果沒有問到叔叔為何找我們聊天。看似語重心長，其實是在顧左右而言他，果然是個可疑叔叔。下次得撕下他那張假面具，讓他變成不可疑的叔叔才行。而他要是變成危險叔叔，就到時候再考慮吧。

不過，我喜歡那個叔叔。

他的聲音輕柔，對話也恰如其分。

而且還會給我冰淇淋和麵包。

除此之外，還有些地方很令人在意，但一時之間想不出來，所以算了。

「那麼，接下來……」

該怎麼給姊姊大人紅豆麵包呢？她肯定會先質問麵包怎麼來的。這時，乖巧的我要是老實回答說是叔叔給的，會被姊姊大人教訓一頓。老實的人基本上會樹敵。因為會把長槍直直地豎起，貫穿對方。

「怎麼辦怎麼辦換做是妳會怎麼辦？」

「妳在幹嘛？」

就在我一邊煩惱一邊跳舞的期間，姊姊大人來了，但我繼續問自己該怎麼辦。

「請收下這個。」

我二話不說地獻出紅豆麵包。

「這是什麼？」

「我去買的！送給姊姊大人的生日禮物！」

謊言當場被揭穿，被狠狠訓了一頓。

不善盡外型與年齡所賦予的職責，我從一早就到處亂逛時，發現一張熟悉的臉龐。對方似乎也發現了我，看著我扛在肩上的金屬球棒露出淺笑。是小路坂，只是因為很喜歡她的名字就交到的朋友。

我們湊巧在市民運動場前相遇，烏鴉在空無一人的運動場上走動。

「小～路坂～」

「別捲舌。」

「小路同學。」

「別讓我當機械人。」

不論我說什麼都能立刻吐槽的平均值女人，這就是小路坂，不是個壞人。

雖然也不算積極為善的好人，她就是這種中庸的感覺很好。

「妳還是一樣閒呢。」

「妳還不是一樣～一大早就出門幹嘛？」

彼此對遇到的時間揶揄一番後，小路坂聳聳肩。

「我有事要辦，別把我跟妳混為一談。」

「我也是在執行例行公事啊。」

小路坂瞥了一眼金屬球棒，冷笑問：「去打業餘棒球？還是抓強盜？」不中亦不遠矣。接著，她突然想起來似的說：

「對了，妳姊要我傳話給妳……她說什麼來著？」

「姊姊大人？妳遇到她了嗎？」

「嗯，不久前……嗯～忘了。」

「真沒用。」

小路坂嘟起嘴唇。

「不然妳自己去問啊。」

「如果辦得到就不用麻煩了。」

啊哈哈。百感交集地用笑著帶過去。小路坂似乎也察覺到了一點，輕聲嘆氣。

「妳們真是一對奇怪的姊妹。」

「唉～是啊。」

是很奇怪的姊妹。扭曲得無可救藥。

「但妳怎麼會稱呼妳老姊為『姊姊大人』？真有趣。」

「咦，哪裡有趣？」

我裝傻地左顧右盼，烏鴉們飛往田裡抓蚯蚓。

「所以妳姊都叫妳『妹妹大人』嗎？」

彷彿能聽到姊姊大人生氣地抗議說：「對妹妹為何要加敬稱？」

「不，她都叫我笨蛋。」

小路坂露出苦笑，「喔，是喔。」沒進一步深究。

對話中斷，獨特的尷尬氣氛逐漸壓迫臉部。

似乎到了道別的時候。

「那麼，我先走了。」

「嗯。雖然不太清楚，總之加油吧。」

「是是。」

彼此微微舉起手，毫不留戀地離開。

這件事與小路坂沒有什麼關係。

與人生沒什麼重大關係，不會帶來影響，單純的擦身而過。

真的是一瞬的交集。

但這種緣分也許意外地非常值得珍重。

「好。」

和他人交流讓我稍微打起精神。

趁著這個機會，快點把事情辦完吧。

「好久不見，傷勢好點了沒？」

早晨下樓時，湯女坐在客廳裡喝茶。姑姑坐在她對面一臉無趣。雖然姑姑向來臉都很臭，但現在最主要的理由好像是狗。有隻狗靠在湯女身邊。味噌醬菜背叛姑姑了。

「……早安。」

相隔的時間要說好久不見似乎略嫌誇張，一個星期不算長也不算短。

「為了調查一些事，我到處去探訪，所以晚了。」

「調查什麼？」

湯女放下茶杯，露出帶給人厭惡感的笑容。

「我不是說要讓妳見妹妹嗎？」

「……妳在開玩笑吧。」

湯女拿出古老的手機，故作神祕地讓我看待機畫面。

我抱著類似警戒的情感探頭確認。

「……她是誰？」

畫面裡顯示出一位不認識的女孩子……似乎沒有年幼到能這麼叫。

「呵呵呵，這是我妹妹喔。」

照片裡的女性眼神銳利，身穿運動夾克，咬著指甲不可思議地仰望著。

「她怎麼了嗎？」

「我讓妳見到妹妹了啊。」

「………………………………」

這不是我第一次想揍女人，但讓我握起拳頭的機會不多見。

「至於下一張照片呢……」

「抱歉，我還要上學。」

「今天請假吧。」

我想站起身的瞬間手被拉住，被強迫坐下後，湯女把手機收回袖袋裡。然而，袖袋配合手部動作優雅地晃動，感覺不到裡頭裝了東西。

「乖，去吧。」湯女推了一把味噌醬菜的屁股，牠很懂事地跑去姑姑那裡。

「背叛者。」

姑姑抱起味噌醬菜，表情超臭地帶牠離開客廳。

「動物不知為何都很喜歡我。會討厭我的動物只有人類。」

「似乎是這樣。」

我也是其中之一。實在無法喜歡上這個人。

說到底，我沒有喜歡的人就是了。

「…………………………」

沒有就是了。

湯女端正坐姿，挺直腰桿。因為穿和服，跪坐起來有模有樣。

「首先，妳的妹妹現在就坐在這裡。」

湯女用手在自己身旁的空間比出人的形狀，大致和跪坐著的妹妹一樣大吧。但我屏神凝望，只能看見後方的牆壁。

「能看見嗎？老實說，這是只有聰明人才能看見的妹妹喔。」

明知我看不見卻故意挖苦我，真令人不爽。雖然被人拐彎抹角地罵笨很不愉快，但無從分辨她是在嘲笑我，還是妹妹真的在那裡。

無法判斷令我更煩躁。

「這樣……就算她在這裡，妳打算怎麼做？」

就算說我們這樣就算相見了，我也很困擾。我知道妹妹在我附近。

「這就得看妳接下來的反應嘍。」

湯女像這樣開場，然後說：

「某時某地，有一對雙胞胎姊妹。」

像在彈奏不存在的樂器般，手在半空中移動。

她裝模作樣地用誨澀的方式述說：

「姊姊對妹妹的評價如下：『她比我笨。』」

「……妳這種故意兜圈子的說法很煩耶。」

我的口吻不經意變得像妹妹一樣。

「妹妹對姊姊的評價則是：『很能幹的姊姊。』」

「……嗯，當然。」

人在現場……也說不定的妹妹也這麼說吧？

「姊姊很像父親。」

「饒了我吧。」

「妳和令尊真的很像喔。」

湯女恢復正常語氣後強調。

「妹妹笑起來則與母親神似。」

我在腦中比對兩人的容貌。妹妹幾乎無時無刻都在笑，所以很容易比較……她們很像嗎？母親也笑的話，在熱情奔放的部分中也許能看出共通之處。

「兩人非常珍重彼此。」

「啥？」

在我對她宛如夢囈般的話語感到疑惑時，湯女繼續說著：

「喜歡狗兒。」

「還好。」

「也喜歡貓咪。」

「……還好。」

湯女留意著我的表情變化，不懷好意地笑著盯著我瞧。

「討厭父母。」

「當然。」

「但其實最喜歡爸爸媽媽了。」

「沒這回事。」

唯有這時，彷彿聽到了另一道聲音。

「呵呵呵。」湯女故作高雅地以袖掩嘴。

淨是讓人感到煩躁，不明白她想做什麼。

「能進入主題嗎？」

「這個步驟也很重要喔，因為要讓妳明白自己是怎樣的人。」

意思是別人比我更懂我自己嗎？

「至少比妳自己明白。」

湯女似乎看穿了我的心聲，對話成立。我想起她的外號是魔女，在心中否定她只是猜到我在想什麼，反駁她：我才不是那麼單純的人。內心的想法轉來轉去，真忙碌。和這個人在一起會激起我心中的漣漪。也許是因為她是大人的緣故。

湯女轉向一旁，表情嚴肅並收起時常掛在嘴角的玩笑說：

「確定嗎？」

向別人做確認。

對妹妹嗎？

「這樣啊。」

「要開始嘍，別哭喔。」如哼唱似的說完後，湯女重新面對我。

「要說我查到了什麼，就是關於妳所說的殺人案。」

她從袖袋裡拿出之前用的大筆記本。

彷彿卷軸般舉到面前，攤開頁面。打開的頁面是一面白紙。

在雪白的紙張背後，魔女笑了。

「關於那個案件……」

「……嗯？」

世界宛若蒙上一層薄霧，我揉揉雙眼。不久後，融成一片的輪廓恢復明晰。

除了我以外，客廳裡空無一人。再揉了揉眼，類似輕微睡意的感覺完全消失，頭腦清晰起來，但完全不懂怎麼會變成這樣。

我記得自己在家跟湯女說話，可是對話突然中斷，她本人也消失了……我等了一會兒，但她還是不出現。也許是在我發呆的期間回去了吧。那個人到底想幹什麼？

我感到不可思議，抬頭看時鐘，確認時間。沒有經過多久，但再不出門的話會遲到。雖然無法釋懷，但我決定不去深究，前往學校。姑姑和姑婆也不見了……算了，沒關係。

我不忘拿起書包走向門口。只聽得見自己的腳步聲。雖然一頭霧水，但沒有發生什麼事就要做日常該做的事，就像義務一樣。

做出決定後，我穿上鞋子準備出門。霎時間，腦子變得一片空白。

因為突然有一團熱氣包覆手臂，引來寒意。

有某種見不到的物體，抓住了我的手臂。

類似冰冷的蟲子順著背脊往上爬，強烈的寒意使身體不停打哆嗦。我甩掉那個抓住我的透明物體，跌跌撞撞地往前跑，肩膀撞上半開的紙門，光是頭部前後甩動，意識就逐漸模糊。不知道眼睛該看哪裡才好，景象不斷切換。覺得自己快暈了，如游泳般划動手臂，倉皇逃離。

我在逃避什麼？殺人魔？過去？還是……妹妹？

來到馬路上時，頭部受到衝擊。彷彿在重演一個星期前的情景，我倒上地面。頭上的腫包已消退得差不多，但傷口疼痛感加劇，呼吸也愈來愈急促。彷彿心臟無視身體結構，在體內隨意跳動。

這次我看得見襲擊自己的物體真面目。

似乎有飛來的鞋子打中我的後腦勺。仔細一瞧，掉在地上的不是鞋子，而是草鞋。

「竟然突然衝到馬路上，真是愚蠢。」

是湯女的聲音。但我無法掌握聲音是從哪裡傳來的。

看不見湯女。

「妳似乎還能聽見我的聲音。」

身體自行站起身——被透明異物攙扶起身。我驚愕於事情的發展，喉嚨緊縮，什麼話也說不出口，變成透明人的湯女自顧自地說個不停。

「看～我現在在揮手喔。就在妳的鼻尖。」

突然感覺有手指在我的鼻尖，後腦勺被一陣寒氣拉扯。

明明就在眼前，聲音卻彷彿從別的方向傳來。

與剛才不太相同的溫熱觸感包覆住我的手腕。我感到害怕，但那個觸感緊緊地抓住我，無法硬是甩開。

「趁我也被迫消失前先告訴妳吧，殺人案的真相。」

我現在沒有心思管什麼殺人案，但湯女執拗地繼續說下去。

「妳所列舉的被害人全都活著喔，沒被捲入任何事件。」

在混亂之中，從她口中說出的事招來更多混沌，完全無法承受。

她甚至不肯給我整理資訊的時間。

「會對妳造成危害的事物，妳都會變得『看不見』。」

透明人揭穿自己消失的真相。

把原因歸咎在對方身上。

我首先聯想到妹妹的長相。但那是很久以前的模樣。

現在我的妹妹不存在於任何地方，只存在於回憶裡。

我想說點什麼，但喉嚨乾啞。

「妳淡然地假裝自己很聰明，自以為明白這世間的一切。而只要有事物威脅到妳的世界觀，妳就會從自己的認知之中把對象抹煞掉，並且也會遺忘理由。即使如此，卻對這樣的狀況毫不感到疑問。多麼方便的腦袋啊。」

「真想向妳學習。」有聲音說著。

但我已無法理解她所說的內容。

「這樣的人生態度算是積極的吧。不過，只要能活下去，這也不錯。至於我之所以會被受託來和妳接觸，也是因為若不是像我這種沒有瓜葛的外人提起，妳會立刻忘記，使對話無法成立。竟然說如果是我，被妳忘記也沒關係，真過分。」

湯女繼續說著。但是她的聲音像在水中被泡泡包裹住，有一半沒有聽見。

自己因屏住呼吸而喘不過氣，自己也無能為力。

「妳曾遇過一件妳想當作從未發生的事件。」

記憶空白。

「為此，妳必須割捨令妹。」

就讓它空白吧。

「　　　　　　　　　　」

聽不見。

「那麼，有緣再會。」

從這句話後，甚至再也感覺不到湯女的熱度。

「喂～」

「……………………」

「呀呵～」

「……………………………………………」

「咩咩咩咩～」

「妳在幹嘛？」

走在前面的姊姊大人回過頭來。現在是早晨的上學途中。

「有貓。」

圍繞在公寓外頭的盆栽上有貓坐著。是隻不怕生的貓，被我們注視著也完全不想逃，反而一副「看什麼看？」厭煩地瞪了回來。我覺得牠的態度很有趣，忍不住和牠對看起來。

「那妳最後為什麼要咩咩叫？」

「我在學貓叫啊，像嗎？」

「不，完全不像。」

姑且不論慣例的那句「妳是笨蛋嗎？」，我滿面笑容地說：

「既然這樣，請姊姊大人示範一下。」

「咦？為什麼我要示範？」

「姊姊就是這樣啊。」

被人這麼一說，姊姊大人就無法逃避了。儘管姊姊大人心不甘情不願地皺起眉，瞪著貓咪，不斷發出聲音，調整嗓子後，不怎麼成功地發出叫聲。

「呼……呼……呼呀～」

很難相信是姊姊大人的聲音，愚蠢的高亢聲音在高級公寓的牆壁反彈。發聲方式似乎失敗了，聽起來實在不像貓叫。呼呀只是呼呀。呼呀 is 呼呀。

姊姊大人受到侮辱似的發出低吟聲。她好像很擅長模仿鵝的叫聲。

「原來如此～重點是呼呀呼呀地叫。」

「不對，忘了這件事。」

「呼呀呀～」

「就叫妳別學了，笨蛋。」

被敲頭了。在我被敲頭的時候，貓咪走了。

「要保重喔～」

我揮手目送貓咪離開。姊姊大人也和我一起目送牠一會兒，但說著：「要遲到了。」就拉著我的手往前邁進。

「那是野貓嗎？」

「沒戴項圈，應該是吧。」

「真辛苦呀～」

「呀～」的部分是刻意模仿姊姊大人。被發現我在偷酸，姊姊大人回頭瞪我。印象中，父親大人好像有教過我遇到這種清況該說什麼。我回想起來，付諸實踐。

「生氣的臉也很可愛呢。」

默默地被揍了。

走了一段路，又聊起貓的事。

「那隻貓沒有爸爸媽媽嗎？」

「應該死了。野貓的壽命很短。」

「這樣啊。」

悠哉地走著，被姊姊大人握著的手變得很熱。

「牠也沒姊姊大人嗎？」

「我哪知道啊，去問貓吧。」

「好。」

「等我不在的時候再問。」

這很難。因為我幾乎都和姊姊大人在一起。

「我們能和爸爸媽媽住在一起真是太好了。」

也有個家，今日與未來能理所當然地永續下去。

我們的壽命也會不斷變長吧。

「……或許吧。若是如此就好了。」

「而且我有姊姊大人。不用想著要變幸福，從一開始就很幸福，真是太棒了。」

明明壽命很長，我是否有想做的事呢？

看我在煩惱，姊姊大人疑惑地望著我。

「是是？」

「難得看妳不笨，嚇了我一跳。」

雖然語氣冷淡，但我感覺得到姊姊大人有點緊張。

這樣不好。

調整一下。於是，姊姊大人放心了。

「轟尬嚕嚕批～」

「抱歉，果然是個笨蛋。」

「啊哈哈哈。」

這樣～就好～

來到學校，姊姊大人催促我說「快進教室吧。」，我向她道別。

「呼呀呀～」

在走廊上走沒幾步，我練習姊姊大人親授的貓叫聲。

「唔咦！」

原本朝反方向走的姊姊大人面目猙獰地衝過來，巴我的頭。

確認一大早就出門後，隔了一段時間，謹慎地走到門口。

要做的事很簡單，只要把信放進門旁的郵箱即可。

這樣就準備好了。我姑且確認四周。一樓是有印章店的公寓右後側的房間。這裡看得到有一整排餐飲店的大馬路，車水馬龍，和姑婆家附近截然不同。在這裡引發騷動的話，立刻就會被察覺。我不想被人發現，所以事情一完成就馬上離開了。

親眼目睹到那傢伙，我拚命忍耐著迸發出來的情感。

下次見到時，就是殺他的時刻。

我想要緩緩地、徹底地、不被妨礙地殺死他。

彷彿從睡夢中醒來般睜開雙眼，眼前的景象令我嚇得震了一下身子。

在我面前的是一望無際的海洋。在夜晚……不對，在純粹黑暗之中的海洋。

和我過去見過的印象相同，但我住的縣市明明不靠海，這裡是哪裡？

瞬間移動並不切實際。但問題是，我到底被丟到哪裡了？若要說這片海是我腦中的意象，那這裡是我的內心世界嗎？解釋為夢境比較好嗎？

我自認腦袋一向冷靜，也沒有幻覺的毛病，為什麼我會來到這種地方？我坐在沙灘上觀察四周。頭上沒有雲朵也沒有星辰，無法確定壓在我頭上的那片黑暗就是夜晚，像是被漆黑的濃霧包圍著。

海上沒有任何波浪，保持平靜。感覺沉入這片黑色水面之中就再也無法浮起來。說是海洋，但怎麼想都不可能是海。想走過去把腳伸進海中，卻又猶豫會演變成無可挽回的情況。

在附近走走，踩著沙灘的腳步聲像走在高級地毯上一樣深深沉入其中，聽不太清楚。四周幽暗，看不清沙灘通往何方，因此走了幾步又折回原處。

光像這樣短暫移動，身體就變得有點沉重。

「……………………」

色調令人靜不下心的海。

沒有任何人在。什麼也看不見。但仔細一聽，感覺能隱約聽見人潮或車流的聲音。聲音無止盡地在腦中喧囂，很不舒服。

不經意地雙腿一軟，癱坐在地。雖然摔倒在地，卻不怎麼痛。坐下後，感覺聲音逐漸遠離。

在腦中蠢動的事物也稍微退去，使得我猶豫是否該立刻站起身。能減少一點厭煩感是件好事。

繼續將煩躁一個個去除的話，也許就能使自己消失不見。

我經常期望著，自己能捨棄這顆令人窒息的腦袋與皮囊。

近在咫尺的海洋，彷彿在回應我的期望般靜靜地存在著。

只要跳進這裡頭，似乎就能與它融合為一。

海洋的奇妙色彩與理科實驗中使用的藥品相似。

覺得腦袋變得愈來愈重。也許是周遭一片黑暗，變得愛睏起來。思緒散漫。試著凝聚意識，也像沙堆般崩塌流逝。感覺就算不踏進海中，只要長期待在這裡，也會被海洋吞沒。也許移動到別處比較好。但就算要走，也會想著要去哪裡？只要回顧起不久前的記憶，也許就能明白自己該做什麼，但頭腦否定這點。

後頸像抽筋一般疼痛，虎鉗將試圖運作的腦夾得死緊。

我究竟是怎麼了？

低頭一看，視野中忽然產生小小變化。淡淡的光芒無中生有地出現了。

在人群聲中，能聽見一道較明顯的聲音。

有人在呼喚我。宛如飛蟲的小小光點在空中飛舞。以眼睛追尋光點，光點彷彿在等待我似的在空中飄動。我稍微靠近光點，它就開始移動。

果然是在等我。

有人，願意等我嗎？

在疑惑與不可思議的回顧引導下，我追尋著光點。

背對彷彿要吞沒我的藏青色海洋，追逐光點而去。

朦朧光點在黑暗中創造出窄小難行的道路。

背後傳來姊姊大人的聲音，我退後幾步，抬頭看樓梯，果然是姊姊大人。

長長的影子落在我身上，面無表情的姊姊大人也發現我，隱約覺得她加快了腳步。

「午安～姊姊大人。」

「聽到了啦。」

「一起～回家吧～」

「今天輪到我當圖書委員，妳先回去吧。」

「咦～」

「不會吧～」我表示不滿，但立刻被姊姊大人壓頭。

她離開前鄭重地叮嚀我：

「聽好，如果有陌生人向妳搭話，絕對不可以理他喔。」

「是是。」

「認真回答。妳那種態度聽起來很囂張，收斂一點。」

「是是是。」

感覺會被敲頭，所以我馬上逃走。

姊姊大人跑得很快，立刻追上我，敲了三次頭。

姊姊大人最討厭我那樣說了。

「阿姊，妳在看什麼啦？」

「妳。」

「好害羞喔！」

和我一同坐在公園板凳上享用中餐麵包的女高中生誇張地扭動身體。今天沒有特地和她約，只是在街上偶遇。不過，生活圈本來就幾乎重疊，這也不稀奇。

「話雖如此，明明是平日卻在街上碰見妳，真令我吃驚。」

「阿姊也沒資格說別人吧？」

「是回力鏢啦。」她用手勢比出三角形。

「沒說服力嗎？」

「阿姊覺得有嗎？」

「啪哩啪哩。」

我模仿撕開第二個甜麵包包裝的聲音，女高中生露出折彎眉毛的傻眼表情。

雖然現在是白天，但空中雲層密布，氣溫也維持在低溫。在寒天中靜靜咀嚼麵包，喉嚨超乎必要的乾渴。同時購買的礦泉水馬上被我喝掉半瓶。

「我有點羨慕阿姊。」

「是嗎？別看我這樣，我有很多事要忙喔。」

「是喔。」

「對了，阿姊今天好像一大早就出門了，是去哪裡啦？」

有氣無力的回答。

「嗯，有點事。」

只是去投遞挑戰書。

今晚要一決勝負。

我咀嚼著麵包，茫然地觀察女高中生。

我對她懷有複雜的情感。

注意到我的視線，女高中生靦腆起來。

「阿姊有時會若有所思地盯著我看啦。」

不必每句話都硬加「啦」啦。

「呵呵呵……因為是有祕密的女人。」

「阿姊指誰？」

「我們兩個都是。」

「喔喔？」女高中生感到困惑。

「我也是啦？」

「當然。」

我露出「妳不知道嗎？」的眼神看女高中生，她則回以「不知道喔」的視線。

「原來我有超級強的祕密啦……」

女高中生雙眼發亮。唉，要說有的確是有，但在知道真相後，她眼裡的光芒也會消失吧。

「嗯，算是中等祕密吧。」

「咦~……意思是只有普通等級？」

「還好。」

「原來很普通啦。」

「尚可。」

或許放棄了，女高中生把剩下的麵包塞進嘴裡，伸長腳放鬆。偶爾望向公園內的鞦韆，喃喃細語或哼唱。厭倦這些後，她又開口：

「不過我想，我應該真的有些祕密啦。」

「唔咕？」

這個咖哩麵包的紅蘿蔔根本是生的嘛。

「我真的只有偶爾會思考……自己為何會出生啦？」

女高中生面對密布於天空的烏雲吐露心情。

如此凝重的話題，不適合在吃咖哩麵包時提起。

「看來是正值青春期的孩子。」

「啊哈哈。」

甩動打直的腳，女高中生笑了。

「我沒見過親生父母，所以詳細情況也不清楚啦。」

彷彿下樓梯一般，話題變得愈來愈沉重。我最怕這種陰暗沉重的話題了。

但也不能打哈哈帶過。與小路坂大不相同，這個女高中生是我必須認真面對的人物。有時會想，和那傢伙在一起時的輕鬆感很寶貴。

「妳想見親生父母嗎？」

「嗯～」

女高中生更使勁甩腳，抓著板凳的手背上隱約浮現血管。

「當然想見個一面啦。」

說得好像期待見到動物園或水族館的明星動物一般。

「……是這樣嗎？我不太懂。」

我整理好袋子收拾。對方也看完書，似乎要起身離開，所以我也準備跟在她後頭移動。應該正適合結束這個沉重話題。

保持一定距離走在對方背後，順便當作飯後運動散步。雖然應該不用保持太遠的距離，但或許我是怕女高中生的說話聲被聽到。

女高中生和我並肩走著，提出今天不知第幾次的疑問。

「為什麼要一直跟著那個人背後走啦？」

「祕密。」

「告訴我嘛～」

女高中生開玩笑地戳我側腹。本來想戳她胸部作為反擊，但是……嗯。

我戳戳肩膀。

「反正戳肩膀跟戳胸部差不多。」

「阿姊好過分。」

女高中生拍拍肩膀及其他部位強調「才沒這回事啦。」但那裡不是胸部，而是肚子。

似乎是因為兩人有點吵而引起前面那個人的注意，轉頭望向後方，但不以為意地轉回前方。

「阿姊在玩偵探遊戲啦。」

「錯。正確答案是騎士遊戲。」

「騎士？」

「當那個人面臨危機時，我必須馬上趕到。」

這是自古以來的慣例——我莫名模仿騎士語氣，嚴肅地回答。

「我都不知道阿姊是騎士。」

「去幫我大肆宣傳吧。」

「才不要啦，根本是懲罰遊戲。」

之後女高中生放棄追問理由，又提出另一個疑問。她客氣地指著背影問：

「所以說她是誰？」

「我的姊姊。」

專屬於我，卻看不見我的姊姊大人。

今天也獨自隨興所至地逛著。

「喔～是阿姊的阿姊嗎？」

「……是啊，雖然很複雜。」

「所以是大阿姊？」

「…………………………………………」

聽起來像大食蟻獸。還有，那是加法還是乘法也很讓人在意。

「妳和大阿姊感情不好嗎？」

「怎麼這麼問？」

「沒有，她好像不理妳。」

她的觀察很敏銳。姊姊大人眼中沒有我的存在。

「但是」和「可是」兩句話在舌頭上像小石子一樣滾動。

「我們感情很好喔。」

為了擠出這一句謊言，我覺得自己就快吐血了。

就這樣直到確認姊姊大人平安到家為止，我們一直陪在背後。

「今天也平安回家了。」

緊握球棒的手指鬆懈下來。相對的，女高中生似乎很失望。

「結果什麼事都沒發生啦。」

「那樣很好啊。」

以只是散步作結很好。有女高中生跟在身旁的的話更好。現在不適合打鬥，多個必須守護的對象我會處理不來。

女高中生對姊姊大人似乎抱有一絲興趣。

「大阿姊有危險嗎？」

「有這個可能性。」

所以有耗費寶貴的人生時光，也要留在她身邊守護的價值。騙你的。

其實我已經沒什麼寶貴的時間了。

「喔，找到了找到了。」

傳來另一道聲音。在家旁埋伏的人影露出臉來。

「嗨。」戴綠色帽子的叔叔開朗地舉起手來。

「唔嗯嗯～」

我毫不隱瞞自己的歡迎之意。叔叔露出苦笑。

「他是誰啦？」

「不認識的叔叔。」

所以身為好孩子的我無視他，想躲得遠遠的。

「我們好歹有聊過幾句吧。」

我的肩膀被抓住，並被強迫轉回去。以一名年長者而言，他的動作很敏捷。

「我受人之託，所以在暗處監視妳。」

「……………………………………」

「是變態嗎？」

「不完全是。」

「也就是超級變態啦。」

「聽起來更嚴重了耶……」

正當叔叔感到困惑，女高中生跟著起鬨的時候，我思考該怎麼辦。既然他在跟蹤我，代表他也知道今天早上那件事吧。

要殺了他嗎？

觀察情況一陣子吧，假如他想妨礙我，我也不會客氣。

「我完全沒發現你耶。」

「盯哨和跟蹤是我的拿手絕活。」

聽到他這麼講，女高中生的雙眼發亮。

「難道你是警察？」

「完全不是。我反而最怕警察了。」

「變態(Hentai)真辛苦(Taihen)。」

「很辛苦的變態啊。」

「啊哈哈哈。」

叔叔和女高中生意外地合得來，恐怕是因為兩人的本性都很良善。

真羨慕。

「暫且不論這些。我大致明白妳想做什麼。」

叔叔拉回正題。辛苦(Taihen)的變態(Hentai)的正題(Hondai)。好像繞口令。

似乎是因為我和叔叔表情都很嚴肅，女高中生一臉不安地看著我。

「阿姊？」

「我們是在講鎮內棒球大會。」

我上下揮舞球棒。「這不是平常的揮棒練習啦。」女高中生笑著吐槽。

「妳忘了加個『夜間』。」

別人難得說謊卻來插嘴。這個叔叔果然很礙事。

礙事叔叔（註：與動畫《麵包超人》中的果醬叔叔只差一個字）……明明改一個字就能變成厲害的麵包師傅了。

「夜間棒球大會嗎？鎮上很少有夜間比賽耶。」

想法過於天真，令我有點擔心。明明這世上的惡意比善意更多。

「是啊。不過在棒球界並不算稀奇喔。」

這時，彷彿在預告全壘打，我將金屬棒前端對準叔叔的鼻尖。

「你想妨礙我站上打擊區？還是要為我加油？」

叔叔默默地舉起隨身攜帶的鋁合金公事包。過去似乎也發生過相同狀況。

「這位叔叔是阿姊敵對隊伍的球員嗎？」

而旁邊有個不懂察言觀色的人在。

每當這傢伙插嘴，對話就會偏離主題。不，雖然這樣也好。

不小心被她得知真相就麻煩了。我只希望她永遠不知道真相。

「我不妨礙也不支持。這個問題必須由妳自己解決，否則就沒意義了吧？」

「……嗯。」

從他的話聽來，看得出來他真的知道一切。既然如此，不打算阻止我的話……

「你明白就好。」

我收回球棒。為了準備夜晚的戰鬥，能減少一項無謂的行動算幫了大忙。

「雖然我其實應該阻止妳的。」

「為什麼？」

我打從心底不明白，所以歪了頭。

叔叔見到我的反應，只丟下一句「妳多想一點就會懂了」就離開了。

思考真麻煩，那是姊姊大人的工作。

至少以前是如此。

因為我和姊姊大人形影不離，才能毫無煩惱地活到現在。

「結果瀟灑地離開了呢。」

「難說喔。」

不同於帥氣的外表，那傢伙會死纏爛打，似乎還會再來。

「是喔，你們兩個對棒球大會太認真了啦。」

「我賭上了性命。」

「呼咦～」

「所以我要練習了，今天就到這裡吧。」

我不管地點就開始揮球棒。「咿咦咦～」女高中生逃跑。

「比賽時我會確實去加油啦。」

「謝了。」

妳來加油真的好嗎？

我隱約這麼想著。

我揮動球棒，忍不住對在我後面的女高中生開口：

「對了……」

回過頭，看到她溫柔的眼神後，我改變主意。

「不，還是算了。」

「喔，阿姊在故作神祕啦。」

「滾。」

「好過分！」女高中生嘻嘻笑著跑開，腳步輕盈。

平常就晃來晃去，看起來毫無牽掛，無憂無慮。

「真好。」

真想替她換顆腦袋。

如此一來，她會變得如何呢？

目送她離開，突然意識到自己準備要做的事具有何意義。

「想見父母嗎……」

抱歉，女高中生。

妳的願望有一個不會實現了。

當晚，我打算在洗澡前解決事情，扛著金屬球棒，不和任何人打照面就出門。

好，走吧。

這將是我最後的殺人。

追著光點，四周逐漸變得明亮起來。直到剛才都聽不見的腳步聲產生回音，地面也變成能供人通行的模樣。把光點置於視野中心，搖晃不穩的視野逐漸穩定起來，開始能思考自己要往何處了。

雙手四處摸索尋找牆壁，逐漸開始能觸摸到東西。才覺得像洞窟中凹凹凸凸的牆壁，轉眼間又變成輕柔鬆軟的觸感。感覺地面也一點一滴地形成了。這表示我的意識逐漸清晰嗎？還是，我只是躲入內心的更深處罷了？

感覺類似把臉稍微露出水面，一時忘卻了快窒息的痛苦。

漸漸地，自己的腳步聲變得明確起來。喀……喀……大聲回盪著。我或許是在狹窄封閉的地方。我想像自己在類似迴廊的場所，意象愈來愈鮮明。接著，光量增強，黑暗也隨之滲入。視野的變化令我疑惑，就在我眨眼的瞬間，狀況為之一變。

浮現出無數個窗戶。窗戶並非嵌在牆壁上，而是懸浮在半空中。刻意轉頭看去，就能見到想像中的顏色。移動目光，絢麗的色調渲染景色。不同於彩虹的無數色彩層層堆疊，挑動視線和意識。

突然變得明亮，我在也習慣這個亮度後，重新確認四周。這些浮著的窗戶意味著什麼？靠近窗邊，湊過去就能見到外頭，雖然我不確定是否有外頭。此外，在我頭上也有窗戶高高懸掛在難以觸及之處，從那裡能看見什麼？那些窗戶似乎在故意遠離我。我抬起頭來看了一會兒，但我沒有能讓身體浮起的方法，只好放棄，窺探身邊的窗戶。窗框上積了厚厚的灰塵。

在稍微呼氣就會在空中飛舞的灰塵另一端，我見到了妹妹。是那個年幼，我認識的妹妹。

妹妹正在學校庭院裡玩躲避球。我從教室窗戶看著她，看厭了就翻開書本。通風良好的教室裡也有其他同學，但我不想和其他人交談。

在我看書時，每聽到妹妹的吆喝就會抬起頭望向窗外。妹妹在內場裡左躲右閃，因此通常會留到最後。她挑釁地閃躲，其他同學似乎感到火大，追加好幾顆球亂丟一通，即使如此，仍被她奮力躲過。最後，妹妹被球山埋沒，倒在地上，開心地放聲大笑。

躺在土地上會弄髒衣服，我不喜歡。

當時的我低頭看著妹妹時，如此心想。

這樣的情景持續著，不久後景色倒帶回到開始，重新播放，妹妹再度活力充沛地奔跑起來。

我也窺探另一扇窗。窗內映出的景色是傍晚。我和妹妹兩人並肩走在外頭。茫然地看著，總算想起這是什麼。有一次放學後，我出門想買書，閒來無事的妹妹也跟了上來。之後，她的錢包掉在路上。

窗內的影像也清楚地重現出錢包掉落的瞬間，我不禁指著地上的錢包說：「啊，快看背後～」妹妹很喜歡那個白色海豹臉部造型的錢包。大大揮動手臂走著的妹妹完全沒注意到，而她身旁的我也只覺得這傢伙好吵。

在書店逗留了很長一段時間後才發現這件事。兩人急忙跑回去，但沒有找到錢包。比起裡頭的錢，遺失錢包本身更令妹妹惆悵。因為那個錢包是非賣品，再也無法買到。

妹妹那天直到睡覺前都很失落，但第二天又恢復原樣了。

對她而言，睡覺似乎能讓大部分的事情重置。見到如此樂天的性格，映照在窗戶上的我莞爾一笑。

發現自己倒映在窗上的笑容，與看到父親時展露天真歡笑的母親如出一轍的瞬間，我離開窗邊。過了一段時間再窺視窗戶，在另一扇窗中只見到晚霞映照的天空，橘紅色的雲朵像被釣繩牽引著，悠悠地在空中游泳。這個景象雖然也讓人心靈祥和，果然還是有點美中不足。踏著有些清脆的腳步聲，我再去窺探其他窗戶。每當我移動，窗戶數量似乎也逐漸增加，甚至不久後就會把地板、天花板都填滿。

我見到遠足那天、小小慶生會、兩人一起跳進泳池的事。

不管在哪個景象裡，都有我和妹妹。身為雙胞胎的我們學年當然一樣，住的房子、房間也相同，沒有分開行動的機會。妹妹總是自由奔放地亂跑，而我對她的活力感到傻眼。

不管哪個窗戶都積了灰塵。恐怕是因為這些回憶已經有好長一段時間沒被想起了。

但是，仍像這樣確實保存了下來。

這裡果然是我的內心世界吧。

對了，我的目光離開窗邊，回頭望去。剛才追尋的光點消失了。左右的景色看起來都一樣，分不清自己是從哪個方向來的。窗戶數量也比我剛來時增加了不少，搞不清楚該往哪兒走。

說到底，我也不知道該往哪裡走。

既然如此，我決定筆直地隨意前進。雖然被關於妹妹的回憶圍繞著，度過時間也不錯，但好像還有其他事情要做。是留在這裡無法達成的事。

我踩著窗戶——踩著回憶前進。不，不對……不對吧。這些窗戶或許正支撐著我。回憶形成地面，指引我的去路。到目前為止踩在腳下的，似乎都是如此模糊的回憶。是模糊又沒什麼大不了……忘懷不了的回憶。

我確定不管怎麼用力踩，這些玻璃都不會碎掉。

這些回憶就是如此強韌，但同時也表示我無法逃避到回憶之中。

走著走著，窗戶數量漸漸減少，光芒也逐漸消失，回到類似洞窟的場景。我走回來了嗎？不對，我改變想法，認為這樣沒問題。窗戶減少就代表和妹妹的回憶很少，證明我正朝未來前進。

和妹妹一起行動的時光在小學六年級時結束。所以以此為分界，回憶驟減，不知道地面何時會中斷，即使如此，我不能停下腳步。

就在腳步聲變得不透明時，聽見了空氣流動聲，還有某人的呼吸聲。這些感覺有點熟悉的細微變化，不斷刺激著沉滯意識的表面。

不久後，我看到遺失的光點正飄浮在遠方，我再度於黑暗之中追尋光點。

由於除了光點以外，什麼也看不到，所以也無法掌握自己走了多遠，和光點的距離縮短了多少。回過神來，正前方有一扇門。那顆小光點被吸進被孤立於黑暗中的那扇門裡。被燈光吸引，我的腳也縮短與門扉的距離，在伸手可及的位置停下腳步。

我試著撫摸門扉表面，手指像流淚一般被濡濕。

窗戶通往的是回憶，那麼，門會帶我去哪裡？

我以濕滑的手推開門扉。

門上的合頁尖銳地哀嚎。

身體與黑暗浸淫在門扉外緣的長方形光輝中，表面的濕滑似乎被去除了。

穿過那扇門的前方是暈眩感，以及勾起我鄉愁的房間。

引發鄉愁的理由，或許是兩張並列的書桌及排列在書架上，以前讀過的書籍。這裡是我的房間吧。不是姑婆的家，是我的老家，上國中前生活的房間。

房間內飄盪著我和妹妹離開時的氣息。

吸入幾口後，感覺輕飄飄的身體變得踏實。

靜寂的房間裡充滿著寂寥的冬日痛楚。寒意令我瑟瑟發抖時，赫然看到了某個人的腳。對於待在同間房裡的這雙腳，我意外地不覺得恐怖。眼底一陣劇痛。

抬起頭來。

穿著制服的妹妹站在我的面前。

我懷疑自己的眼睛，仔細地看著，然後確定。

雖然她長大了，與小時候的模樣不太一樣，但確實是我的妹妹。

「姊姊大人。」

如今，妹妹的稱呼也令我懷念。妹妹感到刺眼似的瞇起雙眼，苦等著我的到來。這裡是哪裡？用手觸碰牆壁，確實有觸感。

房間裡沒開燈，一道淡淡的光芒從窗簾後方延伸。空氣中瀰漫著一層薄薄的塵埃，地板上鋪著兩人份的棉被。這一切都充滿著熟悉、令人懷念的氣息。

在這個房間之中，只有一個不可能存在的東西。

「奇怪……我明明看不見妳。」

湯女揭露的事實，和不明確的回憶摻雜在一起。我覺得自己看到了一個男人，也好像看到了昏暗的房間。就像從天花板俯視著正在哭泣的自己。

我想一一回顧時，頭痛得像被針刺到一般，無法抑制。

……不，不對。埋在腦中的利針就快從腦袋裡衝出來了。

「姊姊大人。」

妹妹再度呼喚我。她朝我走來，想擁抱我時我的雙腿發軟，與妹妹一起癱坐在地板上，她像在哄小孩似的撫摸我的背。我枕著妹妹的大腿，理解了這個情況。

「這是……夢裡吧？」

妹妹的腳顫了一下，似乎被我說中了。

瀰漫在腦袋裡的霧氣也是因為這裡是夢境吧。

停頓了很長一段時間，妹妹肯定我的話。

「是的，這裡是姊姊大人的夢中喔。」

「一定是這樣……」

因為我能看見妹妹，正在與她交談。

突然發生這種事非常超脫現實。

被妹妹擁抱著，趴在她的腿上獲得安息。彷彿裝滿了蚊蟲，四處喧鬧跑跳的腦子籠罩在奇妙的熱度中，漸漸平息。我用鼻子吸一大口氣，緩緩綿長地吐出後，全身上下似乎都被重組了。

以夢境而言，連身體不舒服的感覺都細膩地重現，使我身心俱疲。

「姊姊大人似乎很累呢。」

「嗯……學校該怎麼辦呢？」

「今天就別去了。」

雖然妹妹沒大沒小的語氣令我不爽，但現在不想打她，所以原諒了她。

「一天不上課應該還好吧。」

「豈止一天，一直不去也沒關係喔。」

妹妹溫柔地呢喃。我覺得那也不錯，但是辦不到。

「一直待在夢裡也沒意義吧。」

我不是那麼脆弱的人，思想也很古板，無法一直沉浸在這種幻想世界裡。

「若是如此就好了。」

妹妹語重心長地說。以妹妹而言不像個笨蛋，不愧是夢中。

包括手腳及身體，久違地觸碰到的妹妹長大了不少。雖然是我想像中的產物，現實中應該差不多也是一樣吧。和我的身材很接近。雖然我們這對雙胞胎常被說不怎麼相似，但最終抵達的地點是一樣的也說不定。

「姊姊大人，妳頭上的傷還好嗎？」

妹妹戳戳我頭上稍微縮小的腫包。竄過一股刺痛。

「我以為這個傷的犯人是妳。」

「真沒禮貌。」

妹妹感到憤慨。

「我才不會傷害姊姊大人。」

「是嗎……是說，我剛才看到很多景象。」

「剛才？」

「都是往事。像是去遠足時妳迷路的事之類的。」

雖然對話好像不太連貫，但畢竟是夢，隨意就好。

反正醒來後就會忘了。

「虧妳還記得呢。」

「本來忘了，但稍微想起來了。我為了找妳，根本沒辦法享受遠足。我原本很期待水族館，最後卻發現妳貼在龍蝦的水槽前，一個人玩得很開心。」

「哈哈哈。」妹妹尷尬地笑了。

「只記得感動的重逢，前面都忘掉就好了。」

妹妹很自私地說。她就是這種地方很愚蠢。

「就算忘記，已經發生的事也不會消失喔。」

已經發生的事無法改變。不管是事物還是人心。

然而，那並非全都是壞事。

當時的想法、感覺到的重要事物也不會消失。這些回憶會構成現在。而現在的行動或想法將來也會產生結果，以別的形式留下來。

只要有事物存在於某處，一切都沒辦法當成沒發生過。

「……真的呢。」

妹妹撫摸我的頭髮，手心滑到我的背上。

「另外還看到了什麼呢？」

「淨是無關緊要的小事，說出來太麻煩了。」

「說給我聽嘛。」

明明都說很麻煩了，妹妹還抓著我的肩膀輕輕搖晃，央求著我。

「別那麼早睡嘛。」

「睡？」

「在姊姊大人睡著前，我想跟姊姊大人多說一點話。」

妹妹的這句話真莫名其妙。夢境不是睡著後才能見到嗎？在夢中睡著的話，又會去哪裡？回歸現實，還是會沉入其他領域？

從夢中醒來是什麼狀況，愈想愈不明白。

「真的沒什麼大不了……想起很多事，覺得很懷念，然後……」

「……然後？」

「很無趣。」

我坦白地笑著說。

「到頭來，全都是和妳的回憶啊。」

我們兩人一直一起活到現在，所以這是理所當然。

「一成不變的回憶……很無趣。」

但是，那曾是我的一切。

明明有那些就足夠了才對。

我現在卻失去了一切。

片刻之間，妹妹什麼話也沒說。我們共享所有記憶，說不定妹妹也想起了相同的情景。感覺就像一起看著照片，我也回想起記憶。

不久後，妹妹說出奇怪的話：

「我會守護姊姊大人的。」

守護？為何要守護我？而且，她說得太囂張了。

「妳太囂張了……」

我表示抗議，妹妹卻挑釁地摸我的頭。

沒大沒小。

要是默不吭聲，她似乎會一直摸下去。要不是我太累，一定會咬她一口反抗，算她運氣好。

「明明還有很多事想說才對，一時之間卻想不出來。」

妹妹的聲音在頭上如雨水或淚水般紛落。她的語氣不應該這麼感性，應該是更喧囂，像冬日靜電一樣劈啪作響的……吵鬧的傢伙。

「沒辦法，因為妳是個笨蛋。」

「嘻嘻嘻……」古怪的笑聲傳來。

「對喔。」

「就只有身體成長……」

接下來的話在舌頭上像線頭一樣纏繞著，無法形成完整的語句。

妹妹用手指梳理我的頭髮，沉穩地撫摸。她的手勢感覺很成熟，不像妹妹。雖然想叨唸幾句，但身體受到安穩的氣氛影響，充滿沉落的睡意。

我在夢中再次入睡。

深沉地，被掩埋起來。

妹妹意味深長地低喃，聲音彷彿是對著天花板說的。

「姊姊大人作了個好夢呢。」

「嗯……」

思考逐漸融化，無法好好地回答。

意識像漸漸被剝離身體，遊蕩在輕盈與危險之間。

姊姊大人。

好像不斷被這麼叫著。

既然人類連一秒也無法回到過去，現在所發生的事情就是一切。所以偶然並不存在，一切都是歸於應在之處的必然。

記得姊姊大人之前說過這種話。

若是如此，這場相遇恐怕也是必然吧。

「啊，在超商前的可疑怪叔叔。」

放學後又遇到那個叔叔。今天他出現在比超商更前面許多的農田附近。我明明很有禮貌地稱呼他，叔叔卻不太滿意。

「能說得簡短一點嗎？我怕妳會咬到舌頭。」

「可疑叔叔。」

「結果還是這樣稱呼我啊……」

叔叔聳聳肩。今天他沒有提購物袋，換言之，沒有甜點。人生真辛苦。我抬頭看為難的叔叔，他一臉困擾地把頭轉開。

「叔叔很怕羞呢。」

「常有人這麼說。」

看他說得理直氣壯，感覺是騙人的。

「所以我要先努力成為普通叔叔嗎……」

叔叔點點頭，接著俯視著我。

「妳意外地不和姊姊一起回家呢。」

「這個嘛……啊哈哈哈。」

我笑著打馬虎眼。

「那麼，我先走了。」

「好好好，回家小心喔。」

我們揮手道別，快步離開。

「…………………………………………」

來到轉角處後，我躲在牆角觀察叔叔。他從上次就很在意姊姊大人的動向，讓我很在意。其他學生陸續放學回家，我一直監視他時，叔叔也像在等待什麼似的留在原地。不久後，姊姊大人過來時，叔叔也展開行動。

「嗨。」

不知道是不是錯覺，他的態度比起喊住我的時候更和藹。對於裝出穩重態度的叔叔，姊姊大人回以銳利的瞪視，隨即轉頭不理他。

「妳妹妹剛才才經過這裡，加快腳步或許就能追上。」

也許是因為提起我的事，姊姊大人停下腳步。假如這正是叔叔想要的反應，實在很高明，也很不妙。我感覺到自己放在牆壁上的指尖僵住。

「妳果然比較……嗯。」

叔叔像想通了什麼似的點點頭。姊姊緊張起來，我也一樣。

倘若叔叔想對姊姊做什麼，我得立刻衝出去救她。我找找身旁是否有能當成武器的物品，但這一帶不可能剛好放著方形木材或球棒，勉強能當武器的只有插在後背書包上的直笛。

只有直笛！

想像雙手握住直笛砍劈的模樣。

不可能擊中大人的頭部，要攻擊的話，還是要瞄準小腿吧。

此外，依照我的觀察，那個叔叔似乎有個弱點。

「你為什麼要跟蹤我們？」

明明可以逃跑就好，姊姊大人卻逼問叔叔。和姊姊大人之間有段距離也是個問題，跑過去時會被發現。我只能盡可能地貼在牆上，不只是叔叔，也不被姊姊大人發現地緩緩靠近。我心急如焚，覺得腳趾尖和鞋子之間冒著強烈熱氣。

空氣黏在喉嚨上。

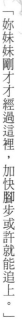

「為什麼啊……為什麼呢？要從哪裡說起呢？」

關於跟蹤行為，叔叔沒有否定。

叔叔表情僵硬地開口，說出不打算說給任何人聽似的詢問與低語。

「知道嗎？這個小鎮曾發生過一樁非常悲傷的事件。」

第四章「Sister」

有時會想，如果我沒誕生在這個世間就好了。

但是，我有妹妹。

同日同時看著同樣東西。

同日同時有著同樣感受。

就像將兩面相同形狀的鏡子正對著，永遠反射彼此一般。

沒有我就沒有妹妹。沒有妹妹的話，我也……

假如否定自己會害妹妹也跟著消失，我……做不到。

我有資格與他人有所交集嗎？
我有資格活著嗎？
以前曾偷聽到父親獨自說著這些話。
年紀還小時沒有特別的感受。
但現在的我會這麼回答：
既然活著，只能告訴自己有那個資格。
我會活下去，和姊姊大人一起。

有扇窗戶。只有半圓形窗框與窗內映出的景色飄浮在半空中，我的腳也沒有著地。窗戶位置非常高，有種用指尖湊近紙張，翻面後就飛走的不確定感。不久後，我了解到我正看著自我意識的內側。

我在接近夢境的地方窺視自己的記憶。窗框像有意圖似的鏽蝕，沒有鑰匙孔。我看著窗外，一開始妝點景色的是旭日，逐漸變為黃昏。沒有白晝期間。

小時候，我以為晚霞是宇宙在燃燒。

我和妹妹這麼說後，她說想吃烤肉，所以我感覺到彼此感性的差異。

這時，正好在窗戶的另一端看到我和妹妹的模樣。我感到很懷念，入迷地盯著看。無趣的對話，司空見慣的晚霞，如今，我卻期望著這份安穩能滋潤乾渴的喉嚨。被刮開的橘紅色滲入西方天際，火燒般的雲霞零碎地散落在其中。在暖色系的溫柔中夾帶夜晚涼爽的晚風中，我替妹妹擦掉口水，妹妹忍不住爆笑出來。

假如我至少能憶起這些景色就好了。

但遺憾的是，在我醒來之後，恐怕就再也想不起來這些事。

我已經變成這樣的人了。

移開目光，窗內變昏暗。再次窺探時，裡頭的景色成了一間打掃得很乾淨的公寓房間。比可以說是我們老家的公寓還新。我馬上明白這裡是哪裡，感到噁心。儘管想要捨棄，但討厭的記憶沒辦法捨棄。

這是２０２６年，距今七年前的事情。我和妹妹就讀小學五年級的時候。

我們被綁架了。

犯人是名相貌溫厚的男子。不管是說話方式還是態度，都很容易潛入人的內心深處。也許是因為很擅長暴露出破綻，雖然抱有戒心，一不小心就會和他聊起來。

然後，那天來臨了。

放學路上，我先被抓住，連跑來救我的妹妹也遭殃了。

我們被綁架到那間公寓，男人語氣沉穩地對我們說明狀況。雖然變態的說詞我完全沒在聽，但似乎就是這名男子把我的身世告訴之前被我毆打的同學。他因為很在意那個事件，逐漸對我們姊妹倆感興趣。雖說是感興趣，他的眼神與行動中卻只有單純的獸慾。

我們的衣服、身體的自由及感官被剝奪了。

我的尊嚴與身為姊姊的自尊輕易地崩潰了。

監禁生活開始後，我老早就放棄抵抗，努力討好男子，精神耗損，自我意識徹底混濁。即使之後像這樣客觀地回顧，也無法正確地理解當時的心態。

那片在黑暗中到來的深藍色海洋，完全詮釋了當時感覺到的印象。

身體被波浪吞噬，隨波搖曳。不知道何時，意識的混濁成為常態。

和我形成對比，妹妹則是持續怒吼、嘶鳴、絕不屈服。她的心靈似乎比常人更柔軟，不論是傷痛或痛苦，都能柔韌地承受一切，持續抵抗。

我與妹妹的靈魂也許進錯了身體。

外表與父親相似的我，內心卻近似於母親。

笑容和母親別無二致的妹妹，卻繼承了父親的強韌心靈。

妹妹每一次都對犯人說：

『下次敢再對姊姊出手，我就殺了你。』

犯人每一次聽到她這麼說，都會大為興奮。

接著一定會在妹妹面前姦汙我。

我欣然接受了。

我認為自己會受到更殘酷的對待，是因為我是姊姊，以為是因為自己比妹妹優秀。由於我更優秀，所以能承受許多苦難，且忍耐下來。因為這是姊姊應做的，而我就是這樣的存在。事實上怎麼想都是相反，但我若不這麼相信，會無法撐下去。

而綁架犯的一句話，讓我的小小自尊分崩離析。

光是想起，就令我眼前變得鮮紅，布滿血絲。

『妹妹比較舒服呢。』

2026年，我的世界崩毀了。

第一個來救我們的不是警察，而是自稱偵探的男子。我那時早已喪失自我，而妹妹因為受到慘絕人寰的對待而失去意識，所以印象很模糊，只隱約記得他是個戴著綠色帽子的男子。而犯人似乎拋下我們逃走了。

被救出來後，我們剩下的是扭曲的精神和殘破的肉體，以及前端破碎的未來。

無數的時間與可能性靜靜地死去了。

妹妹恢復得比較快。纖瘦衰弱的身體在住院後逐漸康復，很快就出院了。父親透過熟識的醫生，送我們到她介紹的精神科醫生那裡。精神科醫生也對妹妹天真無邪的模樣感到驚訝。妹妹經常歡笑，食慾和活力都很旺盛，而且能完全掌握事件的來龍去脈。

正因妹妹很正常，所以異常。

父親時常帶妹妹來看我。她完全不在乎我是否有反應，自顧自地講話、歡笑、畫魚兒的圖。魚毫無特徵，分不清楚是鮪魚還是沙丁魚，但她本人似乎自認是在畫香魚。

她不斷拿來給我看，說自己有到處塗鴉練習，想讓我看她練習後的成果。

妹妹在鎮上到處塗鴉，也許是想被我責罵那愚蠢的行為。然而，我無法對妹妹或魚兒的圖畫做任何反應。

時間一到，妹妹就會被父親帶回家。

父親自己獨自過來時會握著我的手，默默地低著頭。

一直靜靜地動也不動。

在我失去自我的這段期間，妹妹為了新的目標進行準備。對於警方，妹妹一五一十地將事件始末交代出來，卻只有一件事說謊——她堅稱自己記不得犯人的長相和模樣。由於亂說犯人的模樣可能會產生矛盾，所以一直堅稱沒有記憶。

理由是如果犯人先被其他人逮捕的話，會很傷腦筋。

我們雖然得救了，但犯人還沒被逮捕。

妹妹由此找到了燦爛生輝的生存希望。

『因為我要親手殺了犯人。』

妹妹本來就有些瘋狂。這樣的瘋狂並沒有摧毀妹妹。

她一直自由奔放地活著。

我想起以前……說是以前，是比這個夢境更早以前，湯女對我說過的事。她說我是個毫無破綻，硬梆梆的人。她說的或許是對的。我是如此被建構而成，也能重新讓自己恢復成如此。將認為是多餘的事物捨棄又捨棄，愚蠢而老實。

２０２７年，我靠著自己的力量縫合世界的裂縫復活了。至今喪失自我，毫無反應的我突然活生生地恢復到事件發生前的情況。徹底忘記了那起事件，就像刻意將破損布娃娃的棉花棄置不顧，我捨棄了對自己不利的所有記憶。

……不過，似乎沒辦法簡單地捨棄一切，所以以這種形式存留在我的內心世界裡。

重新縫合時，有許多內容物被捨棄了。我能好好地區分何為必要，何為不必要嗎？被捨棄的事物中，說不定也包含了與父母、妹妹之間的親情。我為了維持身為姊姊的自己，把妹妹從世界之中排除掉了。

妹妹依舊對那個事件記得一清二楚。如果我和她對話、和她交流，會令我再想起那個事件。

我會無法維持身為一個姊姊。

這股恐懼及抗拒感使我看不見妹妹，聽不見她的聲音。

不，不只妹妹。和過去有關的事物都不分青紅皂白地逐漸消失了。我頂多覺得很不可思議，但絕不肯追究理由，裝作淡然地活著。這就是我。

我的手從窗框移開。混濁的玻璃另一頭看不見任何景象。

意識想從內心深處浮起。

心靈的水面現在仍舊是大風大浪，讓人懷念深處的平靜。我閉上眼，純白的景色反轉，拉下夜幕。在黑暗的另一端，能感覺到對面有淚水汩汩流出。

我很常哭。妹妹則像要取得平衡似的從不哭泣。

平常除了打呵欠以外都不流淚的妹妹，見到這樣的我後哭了嗎？

為了維持自己理想中的自己。

為了作為姊姊，而否定了妹妹的我……

曾發生過這段往事。

如果能改變過去，要在何時殺死那個男人呢？

我沒有其他選擇。是那個時候比較好，還是這個時候呢？我屈指計算憎恨與痛苦。

「不，不對，不是這樣……」

我搖搖頭，把無意義的想像甩出去。

重要的是在這個無可救藥的現實中活下去，我所期望的是什麼？答案自那天起就沒變過。我必須為這件事做個了解。

第一次在晚上來到神社。佇足在中央的石板地上，抬起頭後一陣暈眩，產生自己的雙腳逐漸沉入夜晚深處的錯覺。

場地勘查是在白天，沒想到只是光影變化就會有那麼大的變化，讓人吃驚。白天時，長在寂寥神社中的樹木瘠瘦，看似淒涼；一到晚上，夜色融入枝葉，形成有些浩大的景色。黑夜在風中劇烈搖曳蠢動著。

我背靠著大樹，思考該在哪裡等候對手。對方不見得會正面迎戰，所以最好遮擋住背後。此外，種植樹木的那一邊沒有鋪石板，所以地上有長草。就算有人接近，也能聽見聲音。之前我也曾為了以防發出腳步聲，而占領水田。雖然當時被人從水田外丟石頭，策略被攻破，差點害死自己。

他應該不會逃吧。就算逃，只要我去報警，他就玩完了。即使他知道我「不會那樣做」也難以擺脫恐懼。如此一來，他應該不會逃，會前來收拾我。

「……………………」

一瞬間想起女高中生，我搖搖頭，把這想法趕出去。

既然我決定要殺了他，就不該三心二意。

放空內心，將殺意浮現表層的同時等著。

靜待腳步聲從神社正面傳來。

……不久後，那傢伙來了。披著黑夜，揹負著時間，應挑戰書的邀請，堂堂正正地來了。

無法忘卻的過去追上了我。

「嗨，好久不見……」

他的聲音中也帶有濃濃夜色。我握緊拳頭，指甲都快陷入手心的同時抬起臉。

總算從正面看到這個男人。

血液快速流動，甚至帶來暈眩。

風吹來男人的噁心氣味，使我翻腸攪肚。

第一印象是有點邋遢。雖然沒被逮捕，但畢竟是罪犯，應該很難安穩度日吧。眼神迷茫，皮膚粗糙。至今我只有遠望過他，而且憤怒遮蔽了我的雙眼，不曾仔細觀察他的模樣。

當年的叔叔，如今成了半個糟老頭了。

假如那時他是這副模樣，我們肯定不會被騙。

「妳長大了呢。」

聽到他像在誇獎親戚小孩成長的口吻，感覺血管一一迸裂開來。

「以前妳明明是拿直笛打我，現在卻改拿那麼危險的東西啊。」

我無視緬懷往事的男人。

「你知道我為何不去報警吧。」

「大致上明白。妳想親手殺了我吧？」

「沒錯。」

我舉起金屬球棒，直對著他。男人手中什麼也沒拿。

「之前被妳打的時候，真讓人懷念呢。那時我還以為眼睛會被妳打爛呢。」

男人輕輕摀住右眼周遭。四周陰暗，無法確認他的表情，只看到一口白牙。

「妳說過『敢對姊姊大人動手就要殺了你』，到了該實行的時刻吧？」

男人語帶譏諷地複述我的宣言。我自然地把向前踏出一步。

「你那時為何還來襲擊姊姊大人？」

「因為我聽到傳聞，想試試看她是不是真的看不見我。輕鬆就打倒了，好像真的看不到。但我也沒發現妳躲在附近，嚇了一跳，連忙逃走了。那就是所謂的敗兵潰逃吧。之後我有反省，決定不再對妳姊動手。」

男人像在說笑話般說著。他的笑容和以前一樣。

恰到好處，能讓我腦中血管迸裂。

「為了找你，我花了很多時間。」

我不打算浪費時間和這種傢伙對話，也不該如此。

堅定地鞏固決心。只要將他毆打致死。

「哎呀，妳真的長大了。」

即使手持球棒的我逼近，男人也毫不緊張。

「如果是現在的妳，不用怎麼放水，直接殺死也可以吧。」

我似乎已經不合乎這個犯人的口味了。

耶～

殺了他。

連同姊姊的份，得殺兩次。

「最後我能問一件事嗎……妳為什麼選神社當決鬥場地？」

算是一種約定俗成吧。但我沒回答，將金屬球棒高舉過頭。

以使頭蓋骨凹陷、脖子斷裂的氣魄握緊。

彼此都沒有同夥，兩人之中也沒有守護或犧牲的對象。

暴露在外且撕裂的性命，都是要自己帶來的一切。

儘管看到男人將暗藏的小刀舉到前方，我仍不停衝刺。

自己死了也無妨，只要殺死他就夠了。只要這個順序沒出錯，那就夠了。

帶著終結過去的氣勢，全力揮下球棒。

男人緊盯著球棒的軌跡，用左手臂擋下，犧牲手腕下方的部位擋下攻擊。即使那一擊足以粉碎骨頭，但當然無法造成致命傷。男人的左半邊臉部因痛楚而抽搐，同時用手抓住球棒，球棒失去自由，遭到控制。我放棄揮開他，將球棒丟出去，順勢揮出另一隻手臂，正好接觸到男人刺出的刀子，手背被貫穿，血肉被壓迫流出，滴在身體上。從喉嚨到鎖骨一帶抽搐，渾身起雞皮疙瘩。

即使如此，這也在我的預料中。如此一來，男人無法立刻刺出刀子。我打算抬腳踢向男人的肚子，但他的手肘先打上我的喉嚨。呼吸受阻，原本要呼出的空氣逆流，使肺部膨脹起來。在我喘不過氣來而眼冒金星的期間，男人上下搖動小刀。

我發出宛如空氣從耳朵中洩漏的哀號。

有異物在肉裡作亂。冰冷刀刃在掌心亂攪的感覺讓我差點腿軟。也許疼痛超越極限後，逐漸變得模糊不清是個救贖，使我有些微力氣行動。我咬緊牙根，用額頭撞上近在身旁的男人鼻梁。前齒撞到眉心，感覺到剝下了一層皮。在頭頂上方聽到彷彿事不關己的撞擊聲，兩人搖搖晃晃地拉開距離。男人後退的同時確實地拔出小刀。

臉部下方滿是鮮血的男人比較快恢復。一步，兩步，他取回穩固的步伐接近我。我手上沒有武器，不知道能否搶走小刀刺殺他，就算同歸於盡也行。在我擔心地視線游移而眼花繚亂的時候。

有東西掉在男人頭上，發出一道意外沉悶的聲音，使男人的雙眼劇烈地晃動。他反射性地想確認頭上，抬起了頭。

這害了他。

掉下的東西不只這樣。

接著從樹上掉下的物體在黑暗中看似沙子，但不像沙子一樣柔軟溫和。掉在男人臉上的東西使他發出沒用的慘叫，在地上打滾。

我也沾到了一點，觸碰到的皮膚產生火燒般的熱度，但是，現在可以辦到。

瞥了一眼丟在地上的球棒後，我一蹬地面。不先撿起球棒，而是撲向男人小腿。男人流著淚低頭看我，丟出小刀。小刀斜斜地掠過我的頭部，劃上一道傷口後飛向後方。男人被我撲倒在地，淌著口水，因悶痛而呻吟。

我揮舞噴出鮮血的手，同時發現擊中男人頭部的瓶子掉在附近。

立刻抓起瓶子，往他的臉部砸去。空瓶打斷男人的鼻梁，陷入皮膚。我再用肩膀繼續使力按壓，瓶子輕易地碎了。碎片從指尖刺進手指根部，肉被翻起，只是輕輕揮手就痛得讓我快發狂。

即使如此，我仍握緊碎瓶子。

伴隨著淚水揮下拳頭。每次毆打，瓶子碎片就同時挖起男人的臉和自己的手，我一邊毆打一邊大叫。每當男人的臉和我的拳頭接觸，發出清脆的聲音時，就傳來動物的低吟聲。尖銳如鳥，彼此的肉像被啄走般炸裂四散。

每次毆打，我感覺到支撐自己活到今天的某物正在逐漸死去。

不久後，詭異嘶鳴聲也用盡力氣似的停止了。

看到男人的臉頰像凍傷一般腫脹，不再出聲，我流下斗大的淚珠。胃囊滲入一陣溫熱，我吐了出來。吐出混有血絲的嘔吐物後，又哭了起來。

我完成了某事。

但沒有登上高處的昂揚，也沒有獲得寶物的興奮。

冷靜下來後，我拔出刺進手指的瓶子碎片，看清剛才落下的神祕粉末是什麼。是辣椒粉。

接著，一道人影降落。從樹上跳下來的並非犬狗，而是戴綠色帽子的男子。

「晚安。」

他一邊打招呼一邊用綑在肩上的繩子靈巧地綁住男人的手腳。動作非常熟練。

不愧是辛苦的變態。我看著他這麼做，撿起球棒。

從被小刀劃開的傷口中流出血液，遮蔽左眼視線，很難完全擦乾淨。

「原來你不是花咲爺爺（註：日本童話人物，能撒灰使枯木開花。），而是辣椒粉爺爺啊。」

「咳咳。」

不知為何，綠帽男子聽到花咲兩字時嗆到。

「我妨礙到妳了嗎？但我也無法坐視不管。」

他單膝跪地，確認我的反應。

我沒想到他會追到這裡來。

過程被人干擾了。

但感受到氣喘吁吁，無法敷衍過去的我搖搖頭說：

「不……幫了大忙。」

照剛才那樣下去，我會被殺，也無法殺了他。

如此一來，就不用擔心順序顛倒了。

這次就遵守姊姊大人的信念吧。

「沒什麼，這也是委託之一。」

「好了不起～偵探的工作範圍好廣喔。」

我誇他，但綠帽男子沒有開心，而是一臉訝異，眼睛和嘴巴扭成問號形狀。

「是從妳父親那裡聽來的嗎？」

「不，只是覺得你的帽子和打扮很像。」

沒想到是這麼容易發現的偵探。

偵探震驚地愣了一會兒後，望向側邊發出「哈哈哈」的乾笑。

先不管他。

我走向被綁縛的男人。

「我早就說過，下次再對姊姊大人出手，我會殺了你。」

終於能實現許久以前的宣言了，我要守住我的承諾。眼中閃爍著不知道是憤怒還是憎恨的火花，或許是因為大量血流蓄積在心臟，只要前進就差點因心跳而暈眩。

感受著嘔吐感，但身體無法停止行動。

「到此為止了。」

不，停下來了。偵探從一旁抓住我的手，制止了我。

「到目前為止我會幫。但如果妳想殺人，我會阻止妳。」

「你如果想妨礙我，我會把你當成壞蛋。」

是壞蛋就一起殺了。

「渾身是傷的妳辦不到吧。」

的確，現在和這個偵探對打也只會被輕易擊敗。因此，倘若他要妨礙我，真的會很傷腦筋。

憤怒逐漸昂揚，雙眼自然地瞪大時，偵探調整帽子位置說：

「我不打算說殺了他沒有意義。」

「不，那是事實。就如你所說，殺了他也沒有任何意義。」

這是已然結束的故事。是夢想與人生被啃蝕過後的殘篇。

所以不管我或姊姊大人做什麼，都不會產生任何結果。

都不會有任何未來。

「但是，殺死這傢伙能讓我的頭腦輕鬆舒爽起來……」

不如說，不那麼做的話，我的腦子會永遠混濁。腐敗、淤積，我想快點洗淨。

只要沖刷乾淨，把過去的痕跡都捨棄，也許姊姊大人也能重新看見我。我的姊姊大人被奪走了。我失去了唯一能與自己永遠對望的存在。

這果然是我最無法原諒這傢伙的原因。就是姊姊大人啊，嗯。

「所以，放開我。」

不管我如何懇求，偵探也不放手。不同於溫和的表情，手臂頑固有力。

「應該不用我提醒，妳要是變成殺人犯，也會給家人帶來麻煩。」

話語像靜電一般竄過。

偵探真誠的視線貫穿了我。

「這樣好嗎？」

我很想回答我才管不了那麼多。

說到底，我才是自出生以來一直被添麻煩的那方。光想到這件事就使腦子憤怒沸騰，憎恨父母到差點發狂，眼袋附近像不斷著火一般炙熱。

自然地揮出球棒，朝偵探的臉揮下。偵探用鋁合金公事包的表面，流利地卸下緩慢的揮棒攻擊，毫不猶豫地順勢揮出，命中我的肩膀。

被公事包的一角擊中，彷彿臉也被打飛似的，身體扭轉過去。肩膀痛得我以為碎掉了，連腳步也搖晃踉蹌。

摸著公事包擊中我的地方，偵探靜靜地說：

「牽連到今天白天遇到的那孩子也沒關係嗎？」

語氣沉穩，內容卻如針一般銳利地貫穿我。

我好不容易才下定決心過來，他卻讓我憶起這件事。

那是姊姊大人的……

以及這傢伙的……

「說那麼多，妳沒辦法棄於不顧吧？」

偵探自以為了然於胸的態度挑起我滿腔怒火。想殺了他，但我知道剛才的過招輸了，我沒辦法出手，束手無策而憤慨不已，只能讓裸露而出的牙齦隨著呼吸平靜下來。

幸好現在是冬季。吸入肺部的冷冽空氣救了我。假如現在是夏天，激昂早就隨炙熱倍增了。

偵探放開我的手。想殺的話，現在是個機會。

「…………………………」

彎下腰來。

額頭貼在立在地上的金屬球棒握把，一再緩緩地調整呼吸。

倘若我真的成了犯人，姊姊大人會悲傷嗎？

會對無法阻止妹妹幹蠢事的自己感到自責嗎？

肌膚像暴露在雨中一般，汗水毫無止境地溢出，隨著心臟的激烈聲響，女高中生的天真笑容在腦中閃動。那孩子真的很煩人。

討厭，不想再看到她的臉。

但我就是無法棄之於不顧，最後會像父親一樣甘於半途而廢。

不管是一把推開還是沉浸其中，無法自拔都討厭。

結果變成任性的平凡人物。

「……唉。」

覺得自己放下了肩上的重擔，呼出的氣息也變輕了。

與其說是變輕鬆，更像連自己的內容物也一併吐出了。

「你說的對……我不想再變得更像父親了。」

「……是嗎？對他本人別這麼說喔。」

「我明白。」

捨棄隨意對待自己，活下去的道路。

我應該也稍微成長了。嗯。我對慣用的金屬球棒笑了。

……好，那就讓復仇在此結束。但在結束之前……

「我至少想讓他流血，可以讓我多打一下嗎？」

偵探瞥了犯人一眼。即使在黑夜裡，也能清楚看見不只被毆打一下的傷。至於血，也從鼻孔和被割傷的傷口中流出。但我不是這個意思，我想要的是了結的最後一擊。

「好吧。」

他答應我會睜一隻眼閉一隻眼，因此我決定毫不客氣地給他重重一擊。

以站上打擊區的心情，舉起金屬球棒。犯人在腫脹的臉頰另一邊，侷促地轉動眼球凝視我。

也許是無法完全闔上眼皮，從乾燥的眼中掉出淚水。眼淚透明無色，任何人的眼淚都一樣。

過去一直抬頭看著這個男人，有時從遠處，有時緊貼著。

這是我第一次俯視他。

感慨著自己的成長，也終於明確地感覺到歲月的累積。

眼前的肉塊沒有一處能夠原諒。手、腳，身上的一切。

其中最不能原諒的，是那張嘴。

會發出噁心與羞辱的醜陋之井。

「……竟敢舔遍我和姊姊大人的身體，把我們咬碎！」

太用力地咬著牙根，臼齒碎裂的聲音傳到腦袋裡。

想起姊姊大人哭著懇求時的表情，眼前瞬間一片鮮紅。

等到紅幕退去時，發現犯人的嘴唇已經像香蕉一樣扭曲了。遲了一拍，才見到金屬球棒與全力揮下的手。犯人用反折起的舌頭發出聽不懂的言語，門牙也斷了幾顆，交疊地黏在嘴唇上。

「……沒有揍到的感覺。」

這是怎麼回事？我感到震驚。光是感覺到肩膀很痛，也不能證明我有出手。難得有一次機會，卻完全不過癮。我舉起球棒，準備再偷偷賞他一擊時，偵探抓住我的手，微微搖頭。

「接下來就等警察來吧。雖然要說明這個狀況很麻煩……希望來的是熟人，但那個人還在當刑警嗎？我想想，他幾歲了……超過十五歲我就沒興趣計算了……」

偵探喃喃自語，同時屈指計算。但似乎是膩了，折起第三根手指時就放棄了。我對自己輕率地提出只揍一次的承諾感到後悔，放下球棒。

垂下手時，身體被夜晚的寒風凍僵。不斷出血的部位明顯失溫。

到了現在，牙齒才開始打顫。

明明吐出來的空氣寒冷如冰，卻不是白色的。

我是一片漆黑。

「妳的傷勢還好吧？哎呀，看妳渾身是血，不太可能沒事。」

想起父親以前的每個傳聞，我好像繼承了奇怪的地方。

「給你添麻煩了。」

「嗯？喔，沒關係喔，畢竟這傢伙是個壞蘿莉控。」

有好的蘿莉控嗎？沒有喔。

「受父親大人委託這種事，真辛苦呢。」

我打起精神，試著找話題，但偵探靜靜地否定了。

「不是喔。」

「咦？」

「雖然我有守密義務。」偵探以此作為開場白，揭露真相。

「我啊，是令姊所託。她要我幫她找到妹妹。」

「……咦？」

「一開始我以為她在說笑，因為妹妹就和她在同一個鎮上生活，根本不需要找。但稍微調查之後，我得知了原因……然而，我得煩惱該如何達成這個委託。畢竟就算把妳帶到委託人的面前也看不到。」

「……………………」

「……附帶一提，這是她第五次委託我這件事。」

「…………………………………」

我蹲在犯人身旁，確定他有些微呼吸後，將手指插入被球棒打腫的臉頰。掰開較淺的傷口，撕裂頰肉。傷口裂開的同時，犯人吐出混濁的血沫。

「喂，妳幹什麼！」

無視於偵探的制止，用手指撕裂傷口。肉意外地堅韌，我死命地挖開血路。犯人的眼珠子忙碌地時而翻白眼，時而充血。一下子紅，一下子白，好像舉旗遊戲。

就這樣，男人的臉部被我挖出一個大洞。我用手指沾起從那裡溢出的血，塗在自己臉上。男人的血和我的血混在一起，腥臭味使鼻子快爛掉了。胃部一陣顫抖，我吐了一些出來。

憎恨對象的血。滿溢著生命力。

他死了，他死了，他接近死亡，瀕臨死亡。而感受到他死亡的我活著，無比充實。啊啊，生命多麼輝煌。

我明白自己已經得到在無可救藥的現實中，能獲得的最佳成果。

「咯咯咯……咯咯咯……呀啊啊啊啊啊啊！哈哈！」

我在小鎮、人類與自然之間失去界線的黑夜裡解放自我。

感覺到驅動自己的瘋狂逐漸從邊緣開始壞死。

淚水像雨珠一般不停滴落，融入血中。

從那個可憎的事件起，過了十七年的歲月。

２０４４年，我像剛出生的嬰兒，沾滿犯人的血。

不停歇的咆哮並非新生的啼哭，而是臨終的哀號。

感覺就像反覆作著短暫的夢。

自從我看不見妹妹後，不知道過了多久。憶不起往事，視野和記憶也像一堆起照片碎屑般零碎。分不清自己的意識處於夢境還是現實，人格逐漸崩解。

再過不久，我也許就會忘記這個世界。

一直都是如此。我總是在即將結束時，發現自己陷入的狀態。

理解了無數次，也放棄了無數次。

就像重新粉刷公寓外牆。

我持續踏著這種步伐。

有人說過，只有狂人才會重複做著相同的事，卻期望能有不同結果。我完全同意這句話。然而，這世上不可能有相同的事。即使走在同樣道路上，也沒有相同的空氣。陽光會改變，草會生長，星辰會轉到另一個彼方。圍繞自己的事物正在確實地改變。所以，現在也許會有什麼不同，也許會有什麼變化。

我如此相信著，繼續前進——自以為有所前進，來到了現在。

那麼，有什麼改變了嗎？

有讓自己或別人感受到我活著的意義嗎？

就算過程沒有任何意義，我也不知道自己是否有達到結果。

所以，我選擇忘記。

忘記自己失去的事物，也假裝沒發現自己不再有可期望的未來。

真正不能忘記的事物，只剩一個或兩個。

「…………………………」

想到「不能忘記的事物」時，手用力握緊。

我是姊姊，有個有點笨的雙胞胎妹妹。雖然會給我添麻煩，但我不能棄她於不顧。

笨妹妹與聰明的我。

能與我對望，彰顯出我的唯一存在。

即使看不到她，不管哪一方死去或發生意外，也無法改變彼此確實存在過的事實。無法忘懷，也必須永遠記得才行。

浮現在腦海中的景色碎片逐一被清除，重新建構成只有我的世界。這次混雜了太多有妹妹的場景，說不定需要比平常多好幾倍的時間。我好像太接近記憶的底層了。花太多時間在這上頭的話，會更跟不上其他人的步調。

而且，以無法察覺的形式發瘋，或許是不幸中的大幸。

……對了對了。

我還欠妹妹一些恩情，必須向她道謝。恩澤如從手心滿溢而出的甘泉，喝也喝不完。可以的話，我想記得這些恩情，但應該辦不到。因為只要承認了其中一項，過去就會化為洪水襲來。如此一來，我又會馬上捨棄那個世界逃走。

自己真是無敵呢。

因為除了妹妹以外，不會有人理我，所以無敵。

我躺在某人的大腿上，連呼吸都忘了。

２０３３年，在這顆不斷自轉的球體上，我仍然沒遇見妹妹。

「一切就是從那裡開始的。」

怪叔叔朝姊姊大人踏出一步。巨大的人影籠罩姊姊大人。

見到姊姊大人的腳往後退的瞬間，我緊握直笛衝了出去。

我知道和他們兩人之間有段距離，這麼做會被發現，但我無法按兵不動。

「喝呀！」

立刻察覺到我的腳步聲，怪叔叔沒有什麼動作，不可思議地看著我。

我揮出直笛，砍中怪叔叔的膝蓋。我不確定有多少效果，但叔叔抬起被打中的腳跳起來。

「好痛！」

「離開姊姊大人！」

我不停揮動直笛，姊姊大人也回過神，抬起頭和我一起打叔叔的小腿。用直笛和姊姊大人的腳輪番襲擊他的腳，叔叔跌坐在地。我不斷繞到另一邊，優先攻擊右側。

因為這個怪叔叔從來不使用右手。

「好痛、好痛，喂！啊啊啊，住手。」

咚咚砰。

咚咚砰砰。

……咦？

中間多了一條修長的腿。

「喝呀～」

「去死吧，變態！」

「嘿呀～」

果然多了一次攻擊。雖然那聲吆喝聲有氣無力，踢擊卻是最狠的。像刺出長槍一般，腳底板毫不留情地深入叔叔的要害。我和姊姊被嚇到，只趁著間隔用直笛或手掌拍打或敲擊。叔叔痛苦地呻吟。

「等等、等一下！」

「唔喔～」

「等……」

他的下巴被踹。

「咕啊～」

「喂！」

「開什麼玩笑～」

腳用力踩著叔叔的右手。

「妳才別開玩笑！」

叔叔勉強站起身，用手指捏住不知道何時出現的阿姨雙頰，阿姨的嘴巴被擠成立起的鱈魚子形狀，說著「唔喲～」。她不知為何穿著浴衣，與周圍格格不入。

「實在不能放任妳繼續打下去。」

「喲荒嗯咿啊嘛。」

似乎在說「就放任一下嘛」。就在怪叔叔的注意力被浴衣阿姨的怪表情吸走時，和服阿姨用膝頂攻擊他的腹部，怪叔叔忍不住再次癱軟倒地。

「喔～好厲害～」

從浴衣中延伸而出的白皙大腿，誇耀著勝利般扭動。

「真是的……」

怪叔叔癱坐在地上，嘆了一口氣。看我們的眼神很和藹。

「呵呵呵，要拉你一把嗎？」

「明明是妳把我踢倒的。」

怪叔叔一臉傻眼，但還是借助和服阿姨的手起身。在這期間，搞不清楚狀況的我們呆愣地抬頭看著兩人。但姊姊大人不著痕跡地擋在我的前面，表現出姊姊風範。

「說到底，妳是從哪裡跑出來的……」

「只要有合法踹飛人的機會，我就會立刻趕到。」

「法……？什麼是合法？」

「就是你經常忽視的那個。」

「對不起。」

怪叔叔摸摸紅腫的下顎，不好意思地搔搔脖子。

「我只是想和她們稍微交個朋友，卻被當成可疑叔叔了。」

「嗯，非常可疑。」

「哪裡可疑了？」

「靈魂。」

「這麼根本的地方啊，那沒救了。」

「先不說笑，你根本就是個可疑人士。就沒有更好的方法了嗎？」

原本還在開玩笑的叔叔支吾其詞，辯解也有氣無力。

「呃，那個……我向來不習慣和小孩子接觸……」

「你的做法不只那種程度。」

「我記得以前這樣做就好了啊。」

「時代變了呢。」叔叔看著道路和住宅低喃。

我想起媽媽說過，這條通往小學的道路在不久前都是田地。

……先不管這個，覺得現在差不多是個開口的好時機，我踮起腳尖。

「噯噯，阿姨。」

「阿姨？嗯？」

和服阿姨一臉疑惑地環顧四周。我明白她的意思了。

「大姊姊。」

「什麼事～」

露出美麗的笑容看我，緊緊抱著我並轉了一圈。

「等等，別綁架我妹妹。」

姊姊大人拉拉浴衣袖子抗議。和服阿姨笑著放我下來。

「我才不會綁架這種死小鬼。」

「唔唔。」

「喂。」

怪叔叔不知為何也生氣了。和服阿姨看著他的反應，愉快地瞇起眼睛，以袖遮嘴。怪叔叔看到她的視線，害羞地搔搔頭，現場充滿難以言喻的氛圍。

我環顧四周。

嗯，完全搞不懂。

但是，我從怪叔叔和和服阿姨身上感覺不到惡意。

「難道，叔叔不是壞叔叔嗎？」

「我是自認如此。抱歉，害妳們誤會了。」

怪叔叔向我道歉。被人亂打一通卻道歉，應該是個好人。

既然不是壞人，就不必特別防範。

換句話說，事情解決了。

「雖然不太懂，總之沒事就好。」

２０５５年。

一樁事件防範於未然。

「呼～」

表現得像解決了一件大事，我用手抹過額頭。姊姊大人冷漠地看著我，一臉想說「妳在幹嘛啊？」的表情。

「辛苦啦。」

兩隻手放在我和姊姊的頭上。聽聲音就知道是誰，我抬頭望去。

「哎呀呀？是媽媽。」

「啊，真的耶。」

不知不覺間，媽媽站在我們的背後，我一如往常地滿面笑容，問了聲好。

媽媽為什麼會在這時候出現在上學路上？

「媽媽，今天沒有班親會喔。」

「我知道啦。」

「不用煮飯嗎……（擦口水）」

「今天不用煮也沒關係啦。」

「為啥？」

「呵呵呵。」媽媽故作神祕地迴避問題，接著對叔叔露出苦笑。

「你表現得太差了，我都快哭了啦。」

「噯，可是我有給她們點心耶，點心。」

媽媽一臉震驚。

「只有戲劇或電影裡的綁架犯才會那樣做啦。」

叔叔驚訝地睜大雙眼。似乎是受到了很大的打擊，雙手掩面，肩膀微微地顫動。我還以為他在哭，結果聲音愈來愈大。

「哈……哈……哈哈哈哈哈哈……哈哈哈……啊～」

好像是在大笑。叔叔放下雙手，露出一張虛脫的木然表情。

感覺他每眨一次眼睛，都能聽到啪嘰啪嘰的聲音。

「我說錯話了吧。」

「不，嗯……別在意……啦。」

媽媽生氣地嘟起嘴。

「喂喂，對別人的說話方式有什麼意見啦？」

「沒事，只是妳的說話方式……」

「怎樣啦怎樣啦？我可不接受什麼年紀老大不小還這麼不穩重的說教喔。」

「不是那樣啦……呵……呵呵。」

叔叔又忍不住什麼般笑了出來。也許是不習慣笑吧，他的笑臉和哭臉幾乎一樣。有點恐怖，

我和姊姊一起退後一步。媽媽察覺我們的動作，出面說明：

「呃～咳咳，這位是妳們的外曾祖父。」

媽媽為我們介紹怪叔叔。

「曾祖？」

我捏捏手肘（註：手肘與曾祖父諧音）。

「是外公外婆的父親啦。」

姊姊大人告訴我。我的冷笑話被姊姊大人完美破壞了。

「這個人是……？」

姊姊大人確認媽媽的反應。

「真的嗎？」

「喔，嗯。」

「是真的啦。」

媽媽掛保證。

「既然媽媽這麼說，應該就是吧……可是，外曾祖父怎麼這麼年輕？」

姊姊大人說出我也很疑惑的事。雖然爸爸那邊的祖父祖母看起來也很年輕，但外曾祖父應該更年長才對。那邊的爺爺們都很溫柔，具體來說有多溫柔，是都會給我點心。耶～

外曾祖父一臉困擾地看著媽媽，嘆了一口氣。媽媽也曖昧地笑了。

「有很多苦衷啦。」

「喔。」

大概是不想多說的事，或者一言難盡的事。這兩者我都不喜歡，所以就不多問了。接著，我面向全身紫色的人影。

「那這位大姊姊呢？」

「外曾祖母嗎？」聽到我這麼問，媽媽傷腦筋地歪著頭說：

「呃~我也不太清楚。」

「正確的評價。」

不知為何，和服阿姨一臉愉快地說。嗯……感覺和姊姊大人有點像。

「來，快跟外曾祖父打招呼。」

媽媽的手放在我和姊姊大人的背上，催促我們。我和姊姊大人互看一眼。

他好像不是徘徊在超商外的可疑怪叔叔。之所以給我們點心，是因為他是外曾祖父，所以不可疑。剩下的是徘徊在超商的怪叔叔。媽媽很信任他，所以不奇怪，剩下徘徊在超商的叔叔。完全變成一個普通叔叔了。

既然是友善的普通外曾祖父，得好好地打招呼才行。

「我是長瀨麻由。」

今年小二。我比出勝利手勢。和服阿姨也比了回來。真配合。

我應該會喜歡這個阿姨。

「……我是長瀨愛。小學四年級。」

慢了一拍，姊姊也自我介紹。聽到姊姊的名字，外曾祖父閉上眼睛。

為什麼呢？

在一旁看著的和服阿姨淺笑著問：

「到現在還討厭這個名字？」

被這麼詢問，外曾祖父馬上想回答而張開口，但改變了想法。他深呼吸，閉上眼睛，垂下雙肩，將某些事物集中在顫抖的睫毛和舌頭上。

帶著至今發生過的許多事物。

百感交集地。

說出這句話：

「喜歡。」

外曾祖父露出似哭又笑的表情。

「畢竟是很重要的名字。」

「……這樣啊。」

呵呵呵。外曾祖父和和服阿姨滿足地揚起嘴角。

「這種對話我早就想來一次了。」

外曾祖父點頭同意後，接著催促大家：「差不多該出發了。」

「要去哪裡？」

我或姊姊大人其中之一問。

外曾祖父筆直地望向遠方回答：

「去見妳們的外婆。」

好像作了一個很長的夢。

自從姊姊大人看不到我後，我頭也不回地一路奔跑。到現在也沒有忘記臉頰塗上那個男人血液的觸感。說到底，我曾忘記過什麼事情嗎？即使扛起所有無法捨棄的記憶，仍繼續奔跑。雖然這也不錯，但我有點累了。

完成復仇後，我的靈魂失去躍動，這十年多靜靜地沉眠著。我深刻地感受到對我而言，所謂有意義的人生早已被消化殆盡。狂潮消退，沉入心海深處，再也不會被打撈起來。

然而，就算失去意義，人生仍會繼續。我必須與跨越結局後留下的惰性，一同度過餘生。成為累積在這顆星球上的一粒塵芥。

不過。

即使只有一瞬間，既然具有意義，這或許就是有價值的人生。

因為一般人似乎連意義都沒有。

「…………………………………………」

電話聲響起。

是來自父親的聯絡。我從椅子上起身。

向母親和不可能聽見我聲音的姊姊大人說：

「我去接大家。」

從那個無聊變態引發的事件後，過了幾十年。

這期間發生了許多事，也牽動了許多人。

像鞭痕一般在我們身上留下痕跡，與我們一起走過時代。

但那也有點令人放心。

這個故事總算能鬆一口氣，坐下來休息了。

帶著遇難般的心情抬起身，我仍然在剛才的房間。

這裡是我以前的房間。環顧四周也有我一個人……看來這裡是現實。

背部非常冰冷，觸碰趴著的臉頰後感覺得到熱度。這個熱度不是由我自己產生的，而是外部帶來的。

雖然記憶中有許多雜訊，但我記得自己枕著別人的大腿。

「……怎麼可能。」

室內隨著溫度降低，日照也轉弱，一絲夕陽出現窗簾的另一端。我站起身，走向窗邊。直到剛才為止，好像看到了很多窗戶。這是其中之一嗎？

收起窗簾，看向外頭。能從公寓欣賞到的壯闊景緻，有些低矮的小鎮包裹在晚霞的浪潮中。放學回到家中，我總會看著這片風景。

雖然當時看膩了，現在卻有點新鮮。

也感到寒意，但不想立刻行動。

我閉著嘴，聽見時鐘滴答聲，轉頭望去。房間的壁掛時鐘還健在，精準地刻劃時間。它在這個沒有任何人看著的房間裡，究竟轉了幾圈來到現在？我的思緒馳騁在規律轉動的秒針上。時針的圖案是紫苑花，我查過圖鑑，所以肯定沒錯。

我的今天似乎不同於這個時鐘，並不連貫。

不知道發生什麼事。我最後遇到的是湯女……還是妹妹？妹妹應該是在……夢中。另外，我為何會出現在老家？和湯女見面的時間是早上，現在已經黃昏了。我睡了多久？腦袋和雙眼模糊茫然也是這樣嗎？

這就是所謂的半夢半醒之間吧。分不清楚兩者。

不過，醒來時有種自己似乎搞丟了什麼的焦急感。站在窗邊一會兒，明白到什麼事都不會發生後，我離開房間。我想找尋失物，但我不清楚遺失了什麼，也只能左右張望。

經過客廳時發現廚房裡有人影，我走向裡頭。

母親站在廚房裡。她竟然沒在睡覺，真難得。母親回過頭來看我。

她小巧的嘴冷漠地囁嚅。

似乎在說「妳回來啦。」

「我回來了……」

我慢了一拍，生澀地打招呼。打完招呼就走也怪怪的，我坐在旁邊的椅子上。母親似乎在做點什麼，距離晚餐的時間還很早。

「媽，妳在做什麼？」

我試著問後，母親平淡地回答我。

說有人拜託她做點心。

她這麼說完，遞給我一個裝了牛奶凍的盤子。這是要做給誰的？真難得。我心裡湧入幾個疑問。一起放在盤子裡的湯匙是我小時候的最愛，有可愛熊角色的湯匙。銀色湯匙上似乎多了一點傷痕。

我開始有點懷疑這是夢，試著吃了一口。牛奶凍很有彈力，用湯匙按壓會彈回來。我將柔軟有彈性的食物送入口中……好甜。比想像中甜了好幾倍，甜得我牙齦發顫。但或許因為很順口，我又吃了一口。也許是渴了，每當冰冰涼涼的食物通過喉嚨就有種快感。

我的旁邊也有盤子。視野像撞到了牆壁，有一半被覆蓋住。

妹妹也在這裡嗎？

但是，我還是什麼也看不見。

「……………………………………」

好像在夢裡見到了妹妹。妹妹和我一樣是高中生。連細節都被清楚描寫出來，臉頰貼在大腿上的觸感也重現了。一想到妹妹的腿似乎比我的粗一點，就感覺自己勾起了笑。

我和妹妹說了許多話，到頭來幾乎都忘光了。

這就是夢吧。

她的嗓音變得比較成熟，但有時尖叫的聲音還是很孩子氣。

尤其是稱呼我為「姊姊大人」的嗓音，完全沒變。

在我回想時，要吃牛奶凍的手停了下來。母親沉默地看著我。我趕緊又將奶凍送入嘴裡。甜到會讓牙齒生疼的滋味，濃郁又具滲透力，從喉嚨推升到眼底。

也許是這過於甜膩的滋味害的。

我咀嚼著，幾滴眼淚滑下臉頰。

「好吃嗎？」

母親溫柔地問我。

我也坦率地回答：「很好吃。」

好像能聽到異口同聲的回答。

姊姊大人、媽媽、外曾祖父和我，一起並肩走過斑馬線。

和服阿姨說能踹到外曾祖父就滿足了，所以先回家了。

「我不打算打擾你們一家團圓，祝你幸福。」

撐起手中的和傘，一溜煙地消失在遠方。

「真是個怪人啦。」

「唉，真的。」

媽媽和外曾祖父各自聳聳肩。

我們朝與家完全不同的方向走。行經倒閉的咖啡廳、器材放置場、通風良好的廢棄停車場、有鯉魚泅泳的小型儲水槽、倒閉的壽司店。四個人一起走過許多地方，不論新舊，接受了夾在我們與道路之間的事物。

這個世界是如此寬大，不管怎樣的矛盾都能包容。

外曾祖父感慨萬千地望著姊姊大人的後腦勺。注意到他的視線，我捏捏姊姊大人的脖子。姊姊大人打了我的頭，接著回頭，發現了外曾祖父的視線。

「怎麼了嗎，那個……外曾祖父？」

因為還不習慣，姊姊大人有點尷尬地說。而且依照姊姊大人的個性來想，也許是對剛才毆打外曾祖父的事情耿耿於懷。而我當然沒放在心上。大部分的事我都不放在心上。

「妳果然和妳的外婆比較像。」

「……是嗎？」

姊姊大人撥掉耳朵上的頭髮。外曾祖父會一直注意姊姊大人，似乎是因為這樣。嗯嗯嗯。

「那我呢？」

我舉手發問。外曾祖父緩緩地上下打量我。

「妳和妳姑婆小時候很像。」

「姑婆！」

喔喔~沒遇過耶，跟她討到目前為止的壓歲錢吧。

姊姊大人又回過頭，抬頭看外曾祖父。

「嗯？」

「我覺得，我和你也有點像。」

姊姊大人這麼說。外曾祖父將手指放在臉頰上，認同地點點頭。

「這個嘛，對了……一定是。」

像嗎……眼睛和嘴角也許像吧。那種很倒楣的弧度。

瞥了一眼外曾祖父紅紅的下顎，姊姊大人再次面向前方。

「用正常一點的方式和我們接觸不就好了。」

「正常嗎……明白何謂正常是件好事。」

外曾祖父的回答像是獨白，我不明白他的意思。

之後走著走著，途中姊姊大人側眼看我。

「嗯？」

「妳啊，除了直笛以外，沒有更有用的武器嗎？」

「我什麼都沒有！」

打破汽油罐，並不會出現日本刀或小刀。

姊姊大人深深地嘆了一口氣。

「笨蛋。」

姊姊大人嘴裡責罵我，卻摸摸我的頭。力道有點強，在我痛得哇哇叫後，似乎聽到姊姊大人低聲說了「謝謝」，聽不太清楚。

繼續走著，之後我們抵達一間公寓。雖然很大，但建齡似乎有點久，牆壁明顯很老舊。雖然經好像有重新粉刷過，但和其他建築相比，缺乏清新的印象。有點昏暗，圍繞著的時間既老舊又鏽蝕。

來到這間公寓的入口處時，媽媽對我和姊姊大人說：

「外婆有點健忘，別在意這點，要和她好好地相處喔。」

「老人痴呆嗎？」

「太直接了啦。嗯～該怎麼說……算是幸福病吧。」

「……幸福病？」

「嗯。」母親笑了。

「人在任何狀況下都不會放棄尋找獲得幸福的方法。我們從出生起就擁有這種性質。那或許就像一種不治之症，也正是生命的本質。」

「聽不太懂！」

「……嗯呵呵呵，我喜歡誠實的孩子啦。」

被母親稱讚了。母親很愛誇獎人，姊姊大人則很少這麼做。我從來沒被姊姊大人稱讚過。而我問姊姊大人：

「姊姊大人懂嗎？」

姊姊大人本來想裝懂，但看到我被母親誇獎後很猶豫。姊姊大人在想什麼，只要看一眼就能馬上猜出來。

「不告訴妳。」

「我討厭不誠實的孩子啦。」

我學媽媽的語氣說完，後背就被用力打了三下。「喂，不行這樣啦。」媽媽連忙阻止。我在痛楚中閉起一隻眼睛仰望，外曾祖父的嘴角也微微上揚。

一行人走進公寓的入口大廳後，媽媽威風凜凜地說：

「會有人來迎接我們，所以先在這裡等一下啦。」

「等一下啦。」

「……啦。」

在媽媽旁邊排排站的我們依序模仿。外曾祖父站在我們背後一步，正在和某人聯絡。我發現他比爸爸更高。

「不知道媽媽還有沒有機會和她的妹妹重逢。」

母親轉頭看向外曾祖父。外曾祖父收起電話，眼神游移。

「要以令人安心的說法來說，是我也不知道。」

「那不叫安心，而是謊言吧。」

母親有些尖銳地說完後，外曾祖父自嘲似的揚起右邊嘴角。

「不管經過幾年，我還是不擅長說謊啊……」

搔搔頭後，外曾祖父想甩掉謊言般地面對前方。

「……曾經毀壞的東西無論怎麼做都無法修復。要勉強堆起殘骸活下去。」

我與她，以及許多人都是如此。

外曾祖父這麼說完後，看著電梯。

電梯門打開了。

「歡迎。」

我下樓迎接我的家人。不對，與其說家人，呃，嗯，算關係複雜的親戚吧。

走出電梯時，一群人由小到大地排排站著。其中，前女高中生看見我後，眉開眼笑地喊：

「是阿姊來接我們嗎？」

「當然。」

「她就是奶奶嗎？」

姊妹之中的姊姊——小愛向母親確認。

「不是啦。她算是……呃～妳們的姑婆啦。」

「妳要親暱地叫我麻衣也可以喔。」

「麻衣？好像麻由和愛合體的名字喔。感覺像把姊姊大人和我的名字黏起來一樣。」

「唔呵呵。」姊妹之中的妹妹——麻由笑了。還以為長相很像，似乎連語氣也很相似。

「嗯~說不定她……」

我伸出食指。麻由察覺到，也伸出食指指尖和我相碰。

由於手指大小不同，只要由我承接，就能輕鬆結合。

「E~T~」

「嗯嗯，果然……」

「發現同類了嗎？」

小愛的冷漠視線讓我聯想到以前的姊姊大人。我向她揮手，她露出疑惑的表情。

她能確實看見我呢。

父親大人窺探電梯內後問我：

「媽媽醒著嗎？」

「嗯，非常難得地。」

「那太好了，大概。」

讓人不敢確定就是母親大人的「美妙」之處。

我帶著一群人，魚貫進入電梯。這棟老舊公寓若不插入住戶的卡片鑰匙，電梯就不會動。父親曾說「要偷偷潛入時很麻煩」，那也是很久以前的事了。

不知不覺間，年華老去。

「父親大人也是這種感覺嗎？」

「我不知道妳是指什麼感覺，不過當然是。畢竟是女兒說的話。」

哈哈哈。父親大人皮笑肉不笑地說。他對家人特別溺愛。

在這樣的父親身邊有我、前女高中生以及她的兩個女兒。

身高漸漸變矮，就像樓梯一樣。這樣的高低差讓我覺得很有趣。

一階一階地，隨著時間攀升。光是能往上走就算賺到了。

電梯抵達目標樓層。姊妹倆靜不下心地張望著沒有任何有趣事物的外側走廊。妹妹似乎不管在哪裡都一樣好動。

因為和我很像。

我們走進老舊公寓的一間屋子，我們的老家。走進家裡，玄關處有兩雙鞋子。

「打擾了～」

姊妹脫下鞋子擺好，進入家中。玄關連接的走廊靜悄悄的，即使接近夏天也有點冰涼。我今天久違地回來老家，照樣被父親整理得很整齊，打掃得很乾淨。母親會做飯，但從不整理打掃。

「因為有人拜託我打掃得乾淨一點啊。」

父親說。

「誰？」

「我女兒。」

我不記得有拜託過他這種事。這麼說來，就是另一名愛乾淨的人吧。

大家一起走到客廳，母親大人獨自坐在沙發上。身形細瘦，肩膀窄小。嬌小的身軀套在略大的睡衣裡，凸顯她的稚嫩感。雙眼有些迷濛，似乎有點愛睏。

和以前一樣。

難以相信她和父親同年。她身上似乎失去了成長的概念，沒有變化。

「啊。」

母親大人看到父親，露出燦爛的笑容後，馬上恢復冷漠的木然神情。是我熟悉的母親大人。

她不感興趣地逐一看著其他人的臉。麻由與母親大人四目相交後，放下書包走近她。

「妳是外婆吧？」

她直接走到母親大人的面前說。母親大人一語不發，父親大人則替她訂正錯誤。

「不是喔，她是妳們的外曾祖母。」

「咦？」

「外曾祖母也年輕得不可思議。」

小愛也跟著靠近，深感興趣地抬頭看母親大人。竟敢毫無防備地接近母親大人，真佩服孩子的稚氣。話雖如此，我和姊姊大人也不曾被母親大人傷害過就是了。雖然她沒有給我們什麼，稱得上對我們多好，但也許光是如此就夠了。

「外曾祖母妳好妳好！」

麻由天真地打招呼後，母親大人有反應了。雖然表情幾乎沒變，卻溫柔地撫摸曾孫女的頭。麻由似乎覺得很癢，母親大人垂下眼簾。

以控制力道的能力徹底壞掉的母親大人而言，這樣的動作很溫柔。不知道她是否明白她們是誰呢？有感覺到特別之處嗎？從母親大人的樣子無法得知。

「嗯～這算怎麼樣呢？」

「好像很開心啦。」

前女高中生來到我身邊，戳戳我。

「那邊似乎感慨更深呢。」

她用下顎指的方向，是父親大人坐在椅子上托著腮幫子，背對我們。

「嗯，的確是。」

他應該是不好意思讓別人看到現在的表情吧。

果然還好母親醒著。

感到很滿足。像是觀望著在海上漂流的一葉扁舟幸運地著岸。

最後還剩下一個人。

「好熱鬧。是哪來的孩子？」

姊姊大人不以為意地走進房間。

沒紮起來的長髮、不健康的蒼白肌膚、殘留在臉上的細微睡痕。

全都讓她看起來比實際年齡幼小。

明明年紀相同，度過相同歲月，我的姊姊大人開始和我出現老幼差距了。

給人的印象和母親大人變得愈來愈相似。

姊姊大人把我和自己的女兒當成幽靈，直接經過我們，往母親和曾孫的方向走去。剛才待在家裡時，她也完全沒感覺到我，我戳了戳她的臉頰惡作劇也沒反應。

麻由和愛凝視著姊姊大人。

「這位應該就是外婆吧？」

「什麼？」

姊姊大人連自己的女兒都看不見，當然不可能知道自己有孫子。

我提心吊膽地看著，擔心她們也會被姊姊大人從認知中抹消。

但是──

「我們要好好相處喔。」

麻由走向姊姊大人，向她伸出手來，想要握手。

姊姊大人雖然對此感到疑惑，最後仍嘆口氣，握住她的手。

大手與小手握在一起。

宛如過去的自己和現在的姊姊大人，時間疊合在一起。

我捨棄從出生以來一直沒有捨棄過的話語，靜靜地凝視這一幕。

「阿姊，妳似乎很開心啦。」

前女高中生戳我的側腹，我能了解剛才父親的心情。

「那邊似乎感慨更深呢。」

那邊是哪邊？

「不不不。」前女高中生揮揮手。

「這次阿姊也不輸喔。」

「……說得也是。」

不知道坦率是否算是美德，但現在充滿的氣氛讓我不由得想這麼做。

前女高中生在一旁靜靜地凝望我。

「幹嘛？」

「沒事，沒想到阿姊真的算是我的阿姊，偶爾還是覺得很驚訝啦。」

「咦？妳不是早就知道才這麼叫的嗎？」

「不，我完全不知情。我只覺得妳是住隔壁，很愛照顧人的大姊姊而已啦。」

我對這名形式上算是我外甥女的女性，大致上說明過她的出生祕密。

但隱瞞關於她的父親已經被逮捕的事，以及我所做過的事。雖然她主動去搜尋一下，應該也能推知端倪就是了。

「當初聽到時，我很驚訝……但我意外地很快就接受了。」

「因為人類是一種適應力絕佳的動物啊。」

這或許就是剛才所說的，幸福病的副產物吧。

繼承了我恨不得殺死的人之血脈的對象就在眼前，我也幾乎能夠原諒。

「哎嘿嘿嘿。」前女高中生瞇著眼，靦腆地笑了。

「那妳呢？開心嗎？」

女兒與自己的親生母親面對面，卻完全沒被看見。肯定是千頭萬緒吧。

「嗯……」聽我這麼問，前女高中生思忖一會兒後說：

「就像是……活著真好吧？」

「……………………………………………」

我知道自己正笑著。

姊妹和姊姊大人並肩坐在沙發上。剛才坐在沙發上的母親大人現在躺在地板上，父親大人見狀就抱起她。父親大人只靠左手，歪七扭八地撐住她，母親像個孩子一樣笑著。

那張只對父親大人展露的笑容被純化，充滿了光輝燦爛的事物。

這就是對母親大人而言的真實。

扭曲的母親大人，以及同樣壞掉的姊姊大人。

姊姊大人肯定一輩子都無法恢復了吧。

破碎的物體彼此穿刺堆疊，產生新的事物。扭曲地，脆弱地，不穩定地。姊姊大人懷抱著不會傷害自己的世界活著，逐漸死去。

而我絕對不可能進入她所見到的景色中。

即使如此……

光是看到長得像姊姊大人的孩子與長得像我的孩子，相親相愛地坐在一起，我就已經……

吸吸鼻子後，我對妹妹開口：

「麻由，妳來一下。」

「是是。」

「可以幫我問外婆一件事嗎？」

「是是？」

我壓低聲音拜託她。妹妹二話不說地答應了。

麻由跳到姊姊大人身上。姊姊大人嚇了一跳，但還是對她微笑。

「嗳嗳，外婆。」

「我還沒那麼老啦。唉，算了，什麼事？」

「就是啊，姊姊大人真的不覺得我是犯人嗎？」

我試著詢問姊姊大人我一直很在意的問題。

藉由小小的嘴。

姊姊大人起初微微歪著頭，接著……

「那當然了，誰會懷疑像妳這樣的妹妹啊。」

姊姊大人裝作若無其事地說謊。

不是對著孫女。

而是朝向我。

就算那是偶然，就算是片刻的理智。

仍讓我忍不住捧著肚子放聲大笑。

姊姊大人是我不可能贏過的大騙子。

後記

簡單說來，這部作品的主題是「活著」。但我並沒有特別想透過宛如對比的雙胞胎姊妹的人生來描寫這個題材。今後應該也不會基於這樣的想法來創作。

購買本書的人當中，也有人是久違的老朋友吧？也許有呢。有的話就太好了。好久不見了，我還在當作家喔。

十年前，我作為一名作家出道了。

而現在，我仍走在作家的路上。雖然走起來不輕鬆，但我不討厭這段路程。

各位好，我是入間人間。本書是久違的《謊壞》系列。用《勇者鬥惡龍》來說算是《勇鬥2》的感覺，雖然本書的集數是11。《勇鬥》正好也出到第十一代了，真巧呢。我模模糊糊地回想起十年前好像是像這樣創作的，並試著寫了這個故事。由於我的記憶很模糊，如果和過去的作品或發表過的短篇有相互矛盾之處，還請不要太在意。附帶一提，雖然不以為然地標為第11集，但沒有續集的計畫，也沒有二十週年紀念。

對了，我久違地看到了左老師的插圖呢，恐怕。

不對，這篇後記是在決定插畫家前寫的……
有點覺得十年終於到來了啊。
走過十年，由十一開始。有種承先啟後的感覺呢。
當然，我別無他意。

今後我也會繼續加油。
感謝各位的購買。

入間人間

Kadokawa Light Novels

電波女&青春男 SF(一點點不可思議)版

Kadokawa Fantastic Novels

作者：入間人間　插畫：ブリキ

同住在一個屋簷下，捲著棉被的電波女……
我的青春到底是怎麼回事？

大家好，我是丹羽真。本回的故事是，轉學到這間都會學校並暫住在姑姑家的我，認識了天然系健康女孩與模特兒系美人，而家中又有捲著棉被的電波女，我的青春到底……與系列作第一集有著微妙不同之處的SF（一點點不可思議）版，就此登場。

NT$180/HK$50

台灣角川

Kadokawa Light Novels

電波女&青春男 1~8（完）

Kadokawa Fantastic Novels

作者：入間人間　插畫：ブリキ

最能展現「眞正青春之魂」的
另類青春小說！

有個迷你尺寸、身上捲了團棉被的傢伙在我與艾莉歐的面前現身了。跟小小棉被捲怪相遇後，她讓我明白被我當成青春點數下降主因的艾莉歐，原來我是多麼地倚賴她呀。在本回的故事中，我將向宇宙人們呼喚完結。我的青春點數究竟會怎麼樣呢？

台灣角川

各 NT$180~240/HK$50~68

Kadokawa Light Novels

虹色異星人

Kadokawa Fantastic Novels

作者：入間人間　插畫：左

由《說謊的男孩與壞掉的女孩》搭檔攜手獻上，
發生在地球上某處的小小星際交遊故事。

她若不是冷麵小偷，多半就是外星人了。接下來發生的，是在一個狹小的公寓房間裡與虹色異星人之間壯闊的第一類接觸——這個故事，早已從窗外、從外頭，從肚子裡開始。從太空來的彩虹，今天依舊溫暖。外星人和地球人都是這個宇宙的人。

台灣角川

NT$240/HK$75

Kadokawa Light Novels

6天6人6把槍 1～結（完）

作者：入間人間　插畫：深崎暮人

Kadokawa Fantastic Novels

入間人間錯綜複雜的群像劇結局將至。
6人圍繞著6把手槍的命運將如何轉動？

槍枝販子委託首藤祐貴處理下一個目標。綠川圓子被迫收留金髮青年徒弟的妹妹和狗。黑田雪路與小泉明日香共進早餐。岩谷香菜遭到綁架，一線生機是圓滾滾的狗。花咲太郎與二条終一同找起香菜與圓滾滾的狗。時本美鈴纏上木曾川，理由是閒著沒事。

各 **NT$180~190/HK$55~58**

台灣角川

Kadokawa Light Novels

逃殺競技場 1~3（完）

Kadokawa Fantastic Novels

作者：土橋真二郎　插畫：白身魚

絕不容錯過，高潮迭起的
學園逃生懸疑小說完結篇！

確保二年一班最後一位倖存者沖羽留奈之後，萩原悠人成功地為遊戲帶來短暫的平衡。然而，漸趨惡化的情況卻迫使走投無路的學生們接連失控，衍生出更多的悲劇。接下來，萩原與傷痕累累的月島伊央，兩人的命運將會如何發展？

各 NT$180~200/HK$55~60

台灣角川